imaginist

想象另一种可能

理
想
国
imaginist

日日杂记

〔日〕武田百合子 著

田肖霞 译

北京日报出版社

百合子、阿球和泰淳在富士山麓武田山庄。

——致离世的人们

正月头三天。

元旦。我起来瞧瞧外面。不见人，没有车。我又睡
了。起来瞧瞧外面。不见人，没有车。我又睡了。从大
年夜的傍晚，我浑身发冷，发烧，整个跨年一直在静静
地睡。

一月二日。我起来瞧瞧外面。拜年的夫妻走在樱树
林荫道上。男人作日常打扮，带着盛装的妻子。热度全
发出去后，我变得像个空壳，从九楼的窗户望下去，心
想：不爱自己老婆的男人，正月头三天可不好过呀。

趁太阳尚未西斜，我出门去附近的神社参拜。拍掌
的时候想，希望全家平安，生意兴隆，我的眼睛好起来。
不要遭报应。本想把满心的愿望一股脑儿地报给八百万
神明，结果这就是全部。

一月三日。某某百货今天的折页广告好厉害。把其他商家远远甩在后面。

七楼活动场，恭贺新禧的巅峰。

○ 山手七福神莅临某某百货。家运昌隆、缔结良缘、病魔退散、学业有成、事业开运、演艺成就、延年益寿、无病消灾、富裕积德、招福招财、增长智慧、清廉微笑。据说，新春如果按顺序参拜供有七福神的寺庙，便能一举获得七倍的福运。

○ 全国缘起绘马[1]展。

○ 现代占卜名人大会。手相面相占星术四柱推命学，代表日本的九位大师做开春第一次开运占卜。每天五位大师，交替出场。

○ 开运。从五位名人的技艺见福。手指画、米粒艺术、浮世绘肖像画、捏米粉人、糖艺。

○ 热闹的招福活动。捣年糕大会、太神乐、舞狮、诹访鼓、耍猴。

---

1 日本的神社寺院用于祈愿的心愿牌，一般为木制，造型各异。祈愿者购买绘马，写上心愿，悬挂在指定地点。——译者注（本书脚注皆为译者注）

○ 寺院门前茶屋[1]招福亭的临时店。

○ 迷你盆栽集市。

○ 福缘日。

等等。

总之，到某某百货七楼活动场看看吧。五颜六色的折页广告嚷嚷道，即便不四处巡回参拜，你也能一下就攒到福气。

新宿地铁的流浪汉们拧着身子睡在叠放的纸板上，他们身上也有那么一件（裤子，或帆布鞋，或外套，或裹在头上的毛巾）比平时漂亮的、新的衣物。

某某百货七楼会场挂了一圈红灯笼，从深处传来神乐的笛声和鼓声，右手边则是古琴的演奏声，流淌过拥塞在场内的男女老少的头顶。摇奖的球滚动的声响以及店员不断翻来覆去说"恭贺新禧，十分感谢"的声音，穿过人们臃肿的外套以及和服罩衫的缝隙。从茶屋传来乌冬面调味汁的气味。

山手七间寺庙神社用纸糊成鸟居和石头，铺上塑料

1 小吃店。

3

竹子和草坪，装点起神尊的镜框以及放在神台上的水晶，老头老太们巡礼这些寺社，扔香火钱，然后合掌，伏在地上参拜。

年迈的手指画家不用笔，用手指在彩纸上画了朱红色的竹子。画完一张，他凶巴巴地对旁边和他同样秃顶的弟子模样的老头说，指甲钳。那人给他拿了指甲钳，他把染红的食指指甲剪掉。

浮世绘肖像画家梳了个马尾，穿和服，茶色无袖外褂。他周围聚集的人最多。他选取顾客指定的发型——若众头[1]、武士、平民、青楼女子、头顶白布的新娘、分桃髻、双环童子髻、豪杰等——用墨笔画上客人的脸部肖像，然后在嘴唇和领口添上三种颜色，便成了。H[2]说要"桃太郎"，让他画了一张。"像吗？""像。""好开心。"

我们吃了午饭，去到米粉人和糖艺的摊子，摊主不在。

1　江户时代男子在成人前的发型。保留前发，头顶一块剃光，后脑勺的发髻对折。

2　武田花（1951—），武田泰淳和武田百合子的独生女，摄影师，散文家。

排列在那儿的大大小小三百多件绘马，其中我最中意的一枚，写有"蛸章鱼愿开运阴阳抱叶"字样（虽然不太明白什么意思，总之这样念），图案是两根分双叉的萝卜[1]绞在一起。绘马上通常写着祈愿者的姓名和年龄，这枚绘马上只写了"四十三岁，男"，没有姓名。大概是不好意思吧。四十三岁——这个年龄，是男人开始丧失性方面的自信并为此烦恼的最初的难关吧。不管是上面的画还是文字，都有种烦不胜烦而来祈愿的感觉。在绘马展出口的柱子那里，无力地蹲着个穿西装的平头男子。刚才还有个男的，他老婆挤过人群往前走，他跟在后面说："啊，我感觉不舒服。这个会场还会摆一阵吧，门松期间[2]应该都在。我们五号再来吧？"人们吃了栗金团[3]、鱼糕和黑豆，喝了日本酒或屠苏酒，然后再一活动，就会有种说不出的不舒服。

　　有家京都的纸店设了柜台，我买了红包和白包各十个。感觉是今年一年的量。

1　日本常用分叉的萝卜作为对大黑天（七福神之一）的供养。
2　在门口装饰松枝是日本过年的习俗之一，一般到1月7日撤下。
3　过年吃的招财食物，煮得浓甜的栗子泥和红薯泥混合在一起。

男店员告诉我，收纳在盒子里的时候，最好把白包的背面朝上，搁在盒子的最底部。

一天。

早上八点以前，阿球（我家的猫）晒了太阳，喝了水，喝了牛奶，吃了"北海道时雨"（蟹腿的名字），吐了毛球，又吐了胃里的东西，拉了屎，撒了尿。一会儿工夫，把一整天的事都做了。阿球十八岁。按人类的年龄算是九十来岁。它真年轻。好强。我觉得它真厉害。

我上午去本乡的印刷厂办事，回家路上，在根津的贝类水产店买了"新海苔"，四百八十元[1]。水产店的大叔说，昨天今天气温骤降，这样的早上捞的海苔好吃。他说，我是拌芥末酱油吃的。这样啊，我以前不知道有这种吃法。我没吃早饭就出门了，于是赶紧回家煮米饭试吃。

光是芥末酱油好像有点单调，我想了想，切了葱花。往葱花上滴了酱油，放在热饭上吃，然后把拌了芥末酱

1　文中货币单位是日元。《日日杂记》在杂志连载的时期是1988到1991年，反映了当时的日本物价。

油的海苔搁在饭上吃。好像还是有点单调，我吃到一半想了想，做了甜口的炒蛋，把这三样轮流搁在饭上吃了。

过了一会儿，开始不舒服。

一天。

某电影的试映会。下午三点，在银座和 H 会合。试映室达到满员的盛况。没坐到加座的人站着看。

电影开始后，旁边一个穿条纹西装、散发着发蜡气味的大个子男人开始不停地打哈欠，过了不久，他深深地垂下头，沉入睡眠，接着大声打起了呼噜。

不过，这个人早早入睡是明智的。他一定是电影界有眼光的人，看个开头就能知道电影是否有趣。是一部无聊得惊人的电影。我担心如果闭上眼睛，就会随波逐流地睡过去，和旁边那人一样打起鼾来，所以我一边努力不让上眼睑往下落（捏，拉，翻起来），一边琢磨，等电影散场到了外面，如果 H 第一句话是"这电影好看"，我就敲一下她的脑袋说："你不是我的孩子！"

电影结束，人们缓缓起身，人人一脸茫然。看到西方人的东洋趣味（诸如穿着黑色带家纹的和服放火之类的）[1]，大家都露出仿佛窘迫又仿佛不自在的表情。

我们默默地走在夜晚的银座后街上。建筑之间仅有一处窄窄的空地，围着铁丝网，看起来像个黑色四方块，来到空地前，H喃喃道："看了一部糟糕的电影。"接着，我们抓住铁丝网，不约而同地大笑。

既然看了太奇怪的电影，想着那就吃点什么好吃的挽回一下（或是，用好吃的化解气愤），我们进了附近高架铁道桥下的中餐馆，点了春卷、虾球、炒蔬菜、蟹味棒炒蛋，吃了米饭。

一天。

报纸上的邮购产品广告刊登了叫作无水锅的东西。想买。旁边刊登了意大利面面条机。也想买。不过，那个面条机，看了一会儿照片，我有种预感，就算买来，用个一两次就不会再用了。无水锅的照片看了一阵，也没觉得买回来会当成个宝。我给H看，说买个这个吧，她说，家里有好多锅，没地儿放。

1　可能是1986年由安德烈·塔可夫斯基导演的《牺牲》。

"那就把最旧的、把手坏了还在用的那个扔掉……"说到这里,我偶然一瞥走廊,只见阿球正往里面的房间走到一半,它的右前脚掌刚要往前踏出一步,就那么把脚悬在半空,僵在原地,仿佛魇住了一般。三角形的耳朵拧向我这边。旧?……扔掉?……在讲我吗?它仿佛在说。

一天。

晴。早饭的时候,H说:"昨晚做了个梦,难得记得一清二楚。我特别开心地在隅田川里游泳。和我并行,在我的斜上方,妈妈在飞。"

"我吗?就这样飞?在空中?都没有羽毛?像这样?"

"嗯。看起来只能是那样。就在紧挨着我的斜上方,那可是空中。"

"我的表情什么样?"

"一脸严肃。"

看电视,说是调查的结果表明,在大家族中生活的老人比独居的老人寿命长。上节目的专门研究老年学的学者说,理由是在大家族中生活可以提供刺激,所以能保持年轻和长寿。那么能比单身生活的老人长寿多少呢？我怀着关切继续看，结果寿命只长那么一点儿。搞什么嘛，闹腾得好像有多大的事似的。这样不是对不起独居的老人吗？不是所有独居的人都是因为喜欢才那么做的。也有些人是因为各种情况不得不如此。既然只有些微的差别，那就算了吧。真是无事生非。

顺着K站的高架桥底下一直走，有家挂着"学院剧场"招牌的色情电影院，在敬老节前后经过那里，会看到毛笔写的贴纸。

老人福利周。请出示身份证明。半价。简单明了又温暖的话。我想起那张贴纸。虽然可能是因为客人少才这样做的，但也挺好的吧。会有老人看到贴纸，高高兴兴满怀期待，以半价入场。老人晃晃悠悠地骑着自行车，独自来到勉强留存的色情电影院，放好自行车，掀起肮脏厚重的黑色门帘，被吸引着走进去。三部连映。三部连映多少钱呢？虽然不知道影院实际上是以怎样的想法搞特价，但对老人半价，了不起。请出示身份证明——或许六十五岁以上半价吧。光是模样老，可不会让你进。这份严格，不因为对方是老人就特别随意，也了不起。

一天。

下午，E来了，帮我看了所得税确定申告书。E回去后，开始飘起小飞虫般的雪，雪随着风逐渐增多，迅速变成了雪景的夜晚。

小时候，我错误地以为，雪霏霏落下，这种说法是因为雪仿佛"西——西——"地哭喊着落下[1]。还有一件，也是小时候搞错了：我悄悄读得入迷的大人的书中经常出现的，（姑娘）被侵犯，侵犯（女人），我自作聪明地以为"侵犯"这个词的意思是被杀和杀。尽管我也觉得奇怪，那姑娘明明被杀死了，接下来却好好地活着。

英国的轮渡在多佛海峡翻覆。死者以及下落不明者共二百四十人。电视新闻说的。

晚上，埴谷（雄高）[2]打来了电话。

"我前天住进武藏野的红十字会医院，昨天做了（白内障）手术，今天回来了。回到家，不戴眼镜，就这么

1　日语的"霏霏"读作ひひ（hihi）。

2　埴谷雄高（1909—1997），日本政治、思想与文艺评论家，小说家。曾参与日本共产党，1932年被捕。埴谷与武田泰淳、百合子夫妇是好友。

看了堆积的杂志。最先读了涩泽龙彦君写幻觉的文章。止痛药引发了幻觉，药物带来的幻觉在醒了以后也记得很清楚，所以涩泽君能将它写下来。之前，住在我家斜对面的O夫人严重地扭了腰，因此住院，她好像也用了同一种药来止痛，并看到了幻象，醒来后她同样记得，把幻觉讲给我听。涩泽君是文学家，所以他的幻觉也是文学性的，出现了兰陵王什么的，O夫人的幻觉非常现实。说是'我看到埴谷先生从对面过来，一头撞在柱子上，脑袋上起了个包'。"

一天。

代代木公园，早上七点。

"吃葡萄不吐葡萄皮，不吃葡萄倒吐葡萄皮。"[1]一个穿黄衬衫白裤子的男人站在草坪的正中央，突然抬头朝斜上方的天空叫道。之后他大声说，"哈——哈——哈——"，讨厌的声音。彼此叫嚷的乌鸦愈发嘈杂。垃圾从垃圾桶里漫出来，散落在四周。西柚皮、香蕉皮、

---

1 原文为日语的平假名快速发声练习。

空易拉罐、纸板箱、沾着塑料竹叶和饭粒的纸饭盒、一次性筷子、绳子、纸杯、被用力卷得变了形的漫画书、旧毛巾、旧毛衣，还有内衣。

穿大红色运动衣裤的胖男人在跑步。并排紧挨着跑的两名短裤中年男子。波点图案衬衫的胸部上下起伏、跑得人形涣散的女人。戴顶大帽子、看起来中过风的老头和陪着他的女人蹒跚地走着。老头边走边就钱的事和女人抱怨着什么。橘色衬衫的男人刚才像狗一样喘着气跑着，此时不再跑步，开始走路。遥远的某处倏然一闪的蛛丝。

我常坐的樱树下带桌子的长椅上，今天坐了个戴鸭舌帽、穿旧皮鞋的流浪汉，他在左右两边各放了两只装有全副家当的纸袋，大张着腿，以锐利的眼神四下打量往这边跑来的人们。他留着黑乎乎的络腮胡，有着仿佛会出现在时代剧中的彪悍面孔和体格。像这种外形的人，说不定其性格会极度软弱和温柔，但也有可能相反（哪儿来的保证呢），我到另一张不带桌子的长椅上坐下。

"在下刚剃度，法号圆哉……小田原的米垛子盖子的炭垛子……"[1]

"智惠子说，东京没有天空……"[2]练嗓子的黄衬衫白裤子的男人双手插在裤兜里，走了过来。湿乎乎的讨厌的美声。南面的草坪上，蒲公英正盛。"有一天，释迦……""极乐世界正好是早上，不久，释迦……"[3]

最近，我把吃剩的饺子带来给乌鸦，乌鸦叼着饺子，朝神宫的森林方向飞走了，那模样可爱得很。两端翘起来的饺子的新月形，乌鸦半张的嘴，蓝天，这组合真好。要不是这种情形，乌鸦无论什么时候总是面无表情。

一天。

四点，我和 H 在新宿伊势丹会合，去艺术剧场看《畸形人》[4]。剧场是一栋破旧小楼，剥落的外墙上有人乱涂乱画。我递出一千元，坐在售票窗口的男人留着方寸头、有张京都木娃娃似的光洁脸孔，他用娴熟的姿势往

1　歌舞伎《外郎卖》选段，主要用于练嗓子。
2　诗歌《无邪的话》，出自高村光太郎《智惠子抄》。
3　出自芥川龙之介《蜘蛛丝》。
4　*Freaks*，1932 年的美国恐怖电影。

电影宣传单上加了一张桃红色传单，又用娴熟的手势收钱递出传单。放映室是一间排列着四十张简易折叠椅的狭窄房间。表情含糊的观众一个接一个进来，来了二十多个。我心想，窗口那人莫非是以前在试映室见过两回的佐藤重臣[1]？但是那种发型，做那般轻快打扮（藏青色运动衣裤）的人，小剧场或公寓的管理员当中，也是常见的，于是我转念想，大概不是他。结果 H 刚坐下就小声说，佐藤重臣在这儿。我想，果然是他。不久，像个藏青色布偶的佐藤穿着拖鞋快步来到观众席，询问道："你好，刚才付了一万元的是哪位？"他把好不容易凑够的找零给出去。到上映时间，他又快步走来，朝观众席问好，又以沉静的口吻做了简洁的说明。和《畸形人》一起放映的美国老音乐剧，是个因为恋母娶了五任老婆的男人的作品，片中特别整齐的舞蹈，其编舞模仿了军队的行进。他一开始谈论电影，就换上真正的知识分子和学究的口吻。讲完，他转到后方肮脏的墙壁后，墙后传来"啪嗒啪嗒"的声响，电影刷地开始了。看来

1　佐藤重臣（1932—1988），电影评论家，曾任《电影评论》主编。

他还担任放映员。

看这部没有字幕的音乐短剧，我意识到，从前的好莱坞有那么多的大美女。以及，片中充满了人的古怪，以及人的肉体的古怪。他并不是随意挑了部电影和《怪胎》一道放映，而是相当认真地选片，放在一起给我们看。像佐藤重臣这样的人，就叫作"电影之子"吧。

一天。

叫作《电视三版报道》的节目——有个小偷来到熊本县的乡村。村里人发现那人是小偷，便试图通过演戏抓住他，他们给他看田地，凑过去和他闲聊，听他自我炫耀，拖延时间，将其逮捕。电视台的人发现，当时最先看破小偷的身份并报警，立了最大功劳的老婆婆，是个几十年如一日持续写日记的日记婆婆，便要求看她的日记，结果只写了："某月某日，多云，来了个坏人。"婆婆每天只写一行日记。全村沸然的日子，也只有这一行——

而我，每天絮絮叨叨写东西，写些有的没的。我感到羞愧。

一天。

歌舞伎座。《樱姬东文章（全本）》[1]票价一千。我在自己的座位坐下，先把四周乃至天花板打量了一遍。满心欢喜。看节目单。光是看到"序章·江之岛少年之渊"的字样，我就满心欢喜。我重新打量四周。两个大妈来到前面的位子，一边说"中场休息几分钟呀"，一边叠起外套。我再看节目单。色调鲜明的照片，位于中央的是孝夫[2]扮的钓钟权助，用张开的双腿拥着玉三郎[3]扮的樱姬。咦，原来孝夫赤裸的脚是这样的。他微黑的赤裸的足尖，从公主的振袖和服的十分微妙的位置探出来。我满心欢喜。响板响了一声。观众席的喧嚣安静下来，

---

1 原作者为四代目鹤屋南北（1755—1829），是一部充满了爱憎、复仇与轮回观念的戏剧。僧人清玄恋慕少年白菊丸，与其殉情，清玄没死成，独自活了下来。十七年后，清玄邂逅出身高贵但遭遇不幸的樱姬，发现她是白菊丸转世，因此生出执念。樱姬则爱上了曾潜入闺阁与她发生关系的钓钟权助（双臂有钓钟刺青），并不知道他是杀死父亲和弟弟的仇人。

2 片冈孝夫（1944—），十五代目片冈仁左卫门，著名歌舞伎演员，擅演美男子。

3 坂东玉三郎（1950—），五代目坂东玉三郎，著名歌舞伎演员，擅演女角。自1975年与片冈首演《樱姬东文章》以来，"孝玉组合"深受观众欢迎。

响板响了第二声。空气中仿佛飘来了煮豆子的气味。是满座的观众的呼吸味儿。

一片漆黑的舞台的半空挂着大大的金色新月，镰仓长谷寺的僧人清玄（孝夫饰演的第二个角色）带着和他是情人关系的少年白菊丸（玉三郎饰演的第二个角色），走过花道[1]。大妈们相互叹息点头道："和尚好俊。""真俊啊，和尚。"

中场休息。大妈们的耳朵红通通的，将保温瓶放在双腿之间的地板上，交换着吃饭团、寿司、三明治。她们的海苔卷不是普通的海苔卷。里面卷的不是米饭，而是荞麦面。她们还吃了切成新月形的橙子。然后用吸管喝了盒装咖啡。接着吃了红的绿的、球体和四方体的不知什么东西。看起来是先吃了自己做的，然后吃了买来的食物。她们中间吃得呛住了，同时聊个不停，一直到铃响。

"……我觉得没做错。""那是父母的爱。是一种教育。""不那么做的话，孩子以后没法过活。""他爸是企

---

1 歌舞伎舞台特有的演员上场退场通道，位于观众席面向舞台的左手边，高度和舞台齐平。

业家，也是学者。他学习可好了，以前拿过金表 [1]。说到那时候的金表……""你也不太去厕所啊。""嗯，我在外面不上厕所。""你总是吃这些吗？""倒也不是。我买各种东西吃。"

舞台正中央，两个装扮打眼的武士在演打斗戏，好几次停下来摆姿势，大妈们看也不看一眼。她们将头扭向权助（孝夫）方才大摇大摆地离去的花道幕布的那边，想着他说不定会回来，像喝醉了似的等待着。

我花了好长时间挑选演员的贴纸，买了两张。

回家路上，出来一个有点不规整的大月亮。停在三原桥的红灯跟前的人们（几乎都是女的）根本不看月亮。她们仿佛完全没注意到月亮似的，各自谈着从前看过的戏和今天的戏。

"仁左卫门以前可是好男人的代表。我可喜欢了。所以呢……"

有人用感慨的声音说道："说不清是好男人还是坏男人……"看来是在谈权助。说不清是好还是坏……的

---

1 东京一些大学给第一名的毕业生颁发金表。

确如此。说得好。没有比他更坏的男人了，但他也有可爱的地方，模样也好。权助连亲生的儿子都讨厌。樱姬则是讨厌自己的孩子以外的孩子。两个人都身子强健，性格乐天。完全不在意别人。不说废话。不抱怨。樱姬虽然是大名家的公主，却爱上了坏人权助，然后在胳膊上文了和他一样的刺青，她被自己喜欢的男人卖进青楼，便立即成为青楼的红牌妓女，也不一个劲儿地抱怨身世凋零，纵然鬼魂出现在面前，她悠然抽着烟，痛斥鬼魂，你真烦！当鬼魂告诉她权助是杀死她父亲和弟弟的仇人，她把权助还有自己和权助的孩子一道杀死，如同将迄今为止的事彻底忘了一般，重新做回了堂堂公主。樱姬才是公主中的公主，该说她是极致的公主吧。最不划算的、倒了大霉的，是阿阇梨[1]清玄，他拼命向公主宣讲佛道，他的所有举动都在深刻反省自身，总在烦恼。既然被称作"阿阇梨"，该是积累了相当的修行和学识的高僧，然而其修行和学识百无一用，他成了流浪汉，最后更化作了鬼。话说回来，僧人的鬼魂，有种说不出

---

1 也写作"阿闍黎"，梵语音译，意为"规范师"，是高僧的敬称。

的膈应。就好像死了两回，所以才有这种感觉吧。

看戏回去的人们拦了出租车，或是走下地铁台阶，渐渐地不见了。当我来到数寄屋桥时，在等红灯转绿的五六个人都是男的。他们等待着，人人一副没什么钱的表情。对面大楼屋顶上的红色霓虹灯不断往上消失，绿色霓虹追赶一般从底下渐次亮起来。今天是星期三，一个星期当中外出的人最少的夜晚。云朵迅速移过月亮的表面，像拔了一把野兽腹部的绒毛吹散在天上。

我在有乐町高架铁道桥底下买了糖炒栗子。拿出五千元的纸钞，买了一袋一千五百元的。六十岁左右的糖炒栗子店的大叔正在和一个五十好几的大妈站着聊天，他停止聊天，除了一千五百元的一袋，又抓了一把栗子放进红色小袋子，说是送的，和找零一起递给我。我说，你只找了三千块。他说，我给了三千五。我说，真的没有。这时，刚才谈话被中断的大妈插嘴道："真的给了。我可是瞧见了。对吧？"

我说，可是真的少五百。大妈把绕在脖子上的蓬松的淡紫色布料松开少许，吸了口气，她化了浓妆、皱纹很深的脸上，往里凹的深黑的眸子闪着光。她使劲盯着我，接着一把抓起旁边不作声的大叔的右手，辩护道："我的确用我这双眼睛瞧见了，这家的老板用手指，这根手指，这根，和这根，像这样，取了三张一千元的纸钞和一个五百元硬币。"原来她在和糖炒栗子大叔谈恋爱。我回到家，发现手提袋的底部有个五百元硬币。

一天。

天空微蓝。好天气。我去上野东照宫看牡丹。

牡丹园里没有一个新潮男女。牡丹园里也没有看上去有钱的人。虽然来了个身着显得高级的和服的大妈，不过那人看着也不像是富豪世家的人。有个生意人模样的面色红润的胖大叔带着情人来看花（明显不是他的夫人。因为他不断地用力搂住她的和服腰带）。情人五十来岁模样，梳着蓬起来的发髻，涂了厚厚的油，将头发固定住。大叔每当看到中意的牡丹，就用兴高采烈的大嗓门冲着她喊出感想："我喜欢这个！""我喜欢这个颜色！"每喊一句，就伸出短胳膊，隔着太鼓腰带，使劲地搂住情人。这两人在游客当中显得最有活力。

有人在对着硕大的桃色牡丹花写生，那人的画很好，但整个人没精神，看着也没什么钱。几乎所有的游客都带着相机，其中也有人带的是很厉害的相机，可他们看起来都没钱、没精神。

牡丹园旁边的遮阳棚在卖盆栽牡丹。只剩残花的八重樱下有间低矮阴暗的茶屋，一对中年夫妇买了四盆缀着牡丹花苞的盆栽，把花盆放在脚边坐着，吃了叉烧面和啤酒，醉得满脸通红。鸡在店的后方鸣叫。

我来到公园的边上，刚在长椅落座，只见一位有名的评书艺人带着弟子从对面过来。他蓄着又长又黑的胡子，像在害怕什么似的，一脸严肃。他迈着快步走来，突然呈直角向左转，走下往车站方向的石头台阶。

"……将你的温柔……B型和A型的人……"一个声音从献血车的扩音器流淌过来。

两个女生经过。"我问你啊，是不是献血之后就给牛奶喝？""嗯，不过就只有牛奶。"

一天。

雨淅淅沥沥下到黄昏。我做了一会儿缝纫，读了点书，有电话进来，和对方稍微吵了几句。入夜，雨下得唰唰的。我拿出唱片来放。

打来电话的是 X，对我的做法（生活方式）这个那个地教育了一通。因为其说话方式太强加于人，我火了，说道："我自己的事自己决定！"自己说出的话是平时几乎没用过的句子，所以挂上电话后，有那么一会儿我还在兴奋。等兴奋劲儿散去，我心想，这话我不常用，却在哪里听过。仔细一想，大概一周前，日本的总理大臣赴美，被那边的头头脑脑们围着，对方就日美贸易摩擦的牛肉、橙子和汽车加以质问时，他忍不住脱口而出说了这句话。另外，总理大臣回国后，官房长官（？）[1]向他提出忠告，当时他也回复了这句话，仿佛成了口头禅似的。我是在报上读到的。

* * *

报纸上。女人杀了男人。她说男人每天夜里很晚回来，整日游手好闲，完全不成器，所以杀了他。杀了他之后才知道，男人是绝代大盗，是警察长时间以来一直在努力搜捕的人物。因为是贼，所以当然很晚回来。白

1　原文如此。

天游手好闲，也是当然的。据说他努力做贼，给了女人不少的财物。总觉得这个男人有些可怜。

一天。

H说："今天咱们就当过母亲节。想吃什么？"我说："什么都行。不过我不要吃小僧寿司[1]。"就在最近，我帮H做摄影的活儿（就只是举举背景布，挪动一下照明器具），之后吃了充当摄影对象的小僧寿司，深夜，肚子饱得快要炸开了。

查了电话簿，出门去新宿西口一家名字很长的意大利餐馆。虽然是饭点，却没有一个客人。我们叫了啤酒，点了卡布里沙拉（裙带菜、鱿鱼、洋葱）和套餐（意式炖饭、嫩煎小牛肉、茄子沙拉）。吃一口煎牛肉，难吃。吃一口茄子，难吃。炖饭也难吃。与其说是难吃，更像是一种奇怪的味道。想着既然是西餐就点肉类，点错了。应该点比萨。只有裙带菜的味道正常。六千元。

心里觉得不能把菜剩下，但胃拒绝吃，吃不下。

1　创立于二十世纪六十年代的寿司连锁店，专做外卖。

H说，我进来坐下打量天花板的时候，确实有种不祥的预感。我们想要见证有人进来，点了菜，然后因食物难吃而露出震惊的表情，所以等了一阵，可是没人进来。

从店里出来，一迈步，全身无力。买了冰激凌，立即吃起来。打算用冰激凌裹住胃里难吃的食物。

天一直将黑未黑，我在满是超高层大厦的街边找了堵砖墙靠着，一边舔冰激凌，一边和H聊天。

"因为你今年是厄年[1]呀。你不妨这样想，你在那间店丢掉了厄运。人们常说嘛，厄年掉了钱包，就是丢掉了厄运。"

"真的。吃了难吃的东西，感觉就像掉了钱包。今天是装有六千元的钱包……"

接着，我们各自列举了记忆中难吃的食物。H讲了在朋友家吃的火锅，锅里放了据说从北海道寄来的肉，一直不断地冒泡。我讲了在O家吃的关东煮。O说：

---

1 日本的一种迷信，认为男性虚岁二十五、四十二、六十一岁是厄年，女性虚岁十九、三十三、三十七岁是厄年。这段逸事可能发生在1987年（武田花虚岁三十七岁）。

"今天有客人，所以特地放了烧卖和鸡蛋。这可是三越的烧卖呢。"关东煮扑哧扑哧煮过了头，汤汁变成了灰绿色。还有青山三丁目蛋包饭餐馆的蛋包饭，神宫外苑烟花大会的章鱼小丸子。我们还聊到，今后就不要想着什么过母亲节啦过生日啦，为了找开心而特意出门吃饭。还是每天自然地吃喝吧。

一天。

梦。猫在整个家里跑圈。从走廊，从客厅。到了尽头就转弯，绕圈跑。转弯时，猫把身体扭成 U 形，每转一个弯，猫的身体就大一圈。我坐在客厅中央望着这一幕。梦里的我看起来比真正的我年轻许多。客厅对面还有个客厅，移门向左右大敞着，再过去是明亮到炫目的院子，院子里的池塘中，黄色的菖蒲盛开。

一般来说，只要起来（身体直立），就会立即忘记梦境，可不知怎的，除了猫，有其他动物出现的梦，我也记得。前不久，药房给了我一份鳖粉的宣传小样，说虽然不是什么灵药，但能消除眼部疲劳，我吃了鳖粉睡下的那天夜里，从东南西北各个角落出现了一只又一只的猫，猫们叼着鸡脖子，来到正面，死死地盯着我看。鸡就像伊藤若冲[1]画里的，鸡冠通红。叼着鸡的猫不断增加，最后我家的阿球也叼着鸡混在其中。

报纸上有篇报道，厌食症的姐姐用跳绳的绳子杀死了爱吃东西的妹妹。

"我反省了一下，最近这一周，我一下子胖了。买了××店的东西一吃，真好吃。于是我第二天又去买。就这样重复，一直到吃厌为止，所以才胖了。就是说，我只要不去买就行了。很简单。"

我这么一说，H说道："我长胖的理由也很简单。就是吃多了。要说为什么会吃多，我原本打算，××店的东西今天就吃这些，明天再吃，留个盼头，于是把剩下的一半收起来。可是那样一来，我不在家的时候，妈妈一定会把它吃掉，所以为了防止被你吃掉，我就一口气塞进嘴里。"

晚饭的时候，一个看起来有一抱那么大的红黄色的大月亮雾蒙蒙地出现在东京塔的正上方。H拿来相机，

---

1 伊藤若冲（1716—1800），江户时代的画家。作品多样，对动植物的描绘细致入微。

拍了月亮。我用双筒望远镜看了月亮。转眼间，月亮爬到半空，变成了普通的月亮。

一天。

从电视新闻观看在赤坂御苑召开的由天皇主持的春天的游园会。天皇看起来比之前有精神。

之前，他颤悠悠地斜着走，今天他的脚步坚实，走路时脚尖向前踢，甩着手，笔直地走。他照例挨个朝应该打招呼的与会者寒暄。他的声音和侧脸都有朝气。早先，他在庆贺生日的餐会上吐了[1]，也许那对身体反而是好的。吐出来就舒服了。

三波春夫[2]不愧是歌手，他的站姿比其他人好，吐字清晰，漂亮地回了话："祝您身体更加康健。"三原山火山爆发[3]的大岛町长[4]夫妻也排在那儿。天皇对他们说，

1　1987年4月29日，昭和天皇在八十六岁的生日午宴上呕吐。1989年1月7日，昭和天皇去世。

2　三波春夫（1923—2001），浪曲师和演歌歌手。

3　1986年11月，三原山时隔三十五年喷发，一万多人避难。

4　日本的地方自治单位分为市、町、村。町长是由选举产生的地方公务员。

你们辛苦了。町长夫人答，我瘦了。天皇点了好几下头，接着对旁边一位大脸庞的老妇人说："您怎么样？我有时想起那时候的事……嗯？您一定很愉快吧。"他说话的声音非常亲和。从他的提问可知，这位老妇人并非克服了厄运重新站起来的了不起的人，而是个有着强势好运的了不起的人，到底是谁呢，原来是前奥运游泳选手前畑秀子[1]。天皇虽然上了年纪，头脑依旧清楚，我感到佩服。如果他把町长夫人和前畑秀子搞混了，对她们讲错话，那就糟了。

很久以前，我看过一个电视节目，叫《天皇的散步道》，是为了什么纪念而制作的。片中流淌着笛子和古典乐，天皇的庭院的各个角落都被播放出来。满目自然。巧妙地种了众多种类的植物。池子气派。有莲花，但并不是规整的。有点野趣，有点废园的味道。水渠里有胖胖的黑鲤鱼，好多种水鸟，乌龟。八百株樱树，垂枝樱，油菜花，桃树，棣棠，蜂斗菜，竹笋。每一样都特别细致地拍给人看。包括瓢虫。还拍了蛇。闪亮的蛇顺着护

1　前畑秀子（1914—1995），1936年柏林奥运会二百米蛙泳金牌得主，是日本第一个取得奥运金牌的女子运动员。

城河的石堤爬过。我看得入迷，觉得那是日本第一的庭院。想再看一回。

不过，在关于庭院的说明之间，旁白不停地穿插着讲天皇是个多好的人，让人感到，说不定他不是个好人。

一天。

赤坂见附地铁站前的花店有蓝色的菊花，看着瘆人。莫非是把墨水溶在水里让它吸收来着？走下站内的台阶，一股窒闷劲儿。买票进了检票口，更加窒闷。楼梯到处有缺口，还有焦黄色的积水。人们穿着湿乎乎的外套，拿着滴水的雨伞，避开积水慢吞吞地走下去。月台有股羊圈般的强烈臭气。广播里说，青山一丁目发生了人身事故，所以车会迟到。好像是有人跳轨自杀。滞留在月台上的人们摩肩接踵，他们有的在甩伞，有的一边慢吞吞地把伞卷起来，一边低头听广播。乘务员走了过去，但没有人向他提问。三个白领模样的姑娘在聊动物的才艺。要说厉害，那还得是大象滑水。那到底是怎么训练的呀。

我们看了伯格曼的电影，然后在一间江户趣味的名叫"德川"的店里吃了三色鸡肉便当，该店宛如以"大奥秘档"为主题的舞台布景。从店里出来，又进别的店吃了牛奶刨冰。刨冰上摆着罐头橘子，搅一搅，里面冒出了冰激凌，再一搅，从底部冒出三个糯米圆子。H没精打采地说，看着像眼睛，瘆人。她没吃她那份刨冰的圆子，剩了下来，我便都吃了。嘴唇冻僵了。走在地铁地下道的时候，我感到身上无力，不知道自己身在何处。心想，我为什么在这种地方呢？对H一讲，她说，我刚才吃鸡肉便当的时候就有这种感觉。是因为电影。看了伯格曼的电影，不知怎的，有那么一会儿，会有这种感觉。

一天。

捡到一亿元的大贯[1]久违地出现在电视上。大贯的家里，所有那些我觉得"像是大贯家会有的东西"（感觉是大贯会喜欢、会用来装饰的），都装饰在那儿。譬如，

---

1 大贯久男（1938—2000），卡车司机。1980年4月25日，大贯捡到一亿元，交给警察，根据当时的《遗失物法》，六个月后没有失主认领，因此一亿元归大贯所有（需缴税）。

意大利的酒（穿着稻草长裤[1]。空瓶）。大理石餐桌。皮面沙发。金色的牌位。鱼拓。不知怎的，每当我去别人家，看到装饰着鱼拓，会觉得那家的主人是好人，同时又有少许的沮丧。

大贯还是那么精神。没变。听说他在那之后又捡了十万元。他开朗地谈及自身的性格，说是没法对掉落的东西视而不见。他还捡到过装满黄瓜的纸箱、随风簌簌飘来的千元纸钞、领带别针、手表。在情人节，还捡到了一整盒巧克力。

我买了四分之一个西瓜，冰了起来，结果 H 也买了四分之一个西瓜回家。

一天。

寺院厨房那边像是有木匠在做活儿，阿白（住持）念经期间，不时传来锤子声。迟到的泰学迅速披上袈裟，在阿白的旁边坐下，念经文的后三分之一，他专心地敲着木鱼。念完经，按平时，阿白会收个尾。他要么寒暄，

---

1 传统的基安蒂葡萄酒用稻草包裹水滴形酒瓶。

要么简短地讲几句，例如"'親'这个字，写作站着看树；'男'这个字，写作用力耕田"，要么领唱十念[1]，所以我们都等着，结果他连个眼神都没递过来，只给我们看了个褐绿色僧袍的背影和白袜的脚底，就拉开移门，去到里面的走廊，然后反手"啪"地关上移门，就此不再出来。一群人不知该做什么，怔怔发呆。阿白有心脏病，或许他忽然不舒服，奔进里屋躺下了。

哥哥（我丈夫的哥哥）[2]担任这次法事的施主，嫂子淑子催他致辞，他转向出席的众人，开口道："嗯，今天——"接着，他略加思忖，放弃道："算了吧。你们都清楚的嘛。我不说了。"人们都笑了出来。哥哥生为寺院的长子，却没有成为僧侣，而是当了鱼类养殖学的老师。他原本就沉默寡言。我丈夫去世的时候，他也一直沉默地陪在旁边，没发什么感慨。只有一次，那是在我们办完火化从火葬场回来的路上，他来到我身旁，小声说："刚才，棺材唰地进到火化炉里，门关上的瞬间，

1　十念在净土宗指的是唱十次"南无阿弥陀佛"。
2　大岛泰雄（1908—1994），水产学者，曾任东京大学教授、日本水产学会会长。

我想起来，很久以前，我也有过和现在同样的心情。那是阿觉（我丈夫小时候的名字）出征，我去品川站送他的时候。"

今天为了给妈妈（我婆婆）做法事而聚在一起的，有哥哥和嫂子，他们的四个孩子及其配偶。二儿子的家人，就是我和 H。哥哥和丈夫有个妹妹真百合，她嫁进寺院，战争中病逝，她的两个女儿来了。姨妈（婆婆的妹妹）的两个孙女。同宗以及亲戚的寺院的僧人允裕、泰学和泰健，以及战争期间和战后一直帮着照顾婆婆的 M。

我们分坐几辆出租车，前往目黑的雅叙园[1]。阿白（丈夫的表侄）后面还有一场法事要念经，所以来不了。我那辆出租车上坐了哥哥家的两个儿子和当了 S 寺住持夫人的侄女。到雅叙园的路上，侄女一直在慢吞吞地讲，罗汉寺[2]的五百罗汉是多么的壮观。

1　1931 年开业的料亭，以木构建筑"百级台阶"著称，也是日本最初的婚礼综合设施。《千与千寻》中的一些内景以雅叙园为蓝本。后经历一系列业主变迁，在 2017 年成为东京雅叙园宾馆。
2　此处应是东京目黑区的五百罗汉寺。

雅叙园宴会厅的玄关那儿有一大群穿着家纹半缠[1]的鞋管事候着，如今很少见到这么多鞋管事。我们一到，他们就簇拥过来，招呼我们换鞋上台阶。大厅的格子天花板每一格嵌着一种漆绘的水果浮雕，南瓜、香蕉、佛手柑、桃子和葡萄等。有道瀑布，像游乐场的纸糊道具。打开通往厕所的门，门后是池塘，鲤鱼在池塘里忽远忽近地游着，池上架着栏杆漆成朱红色的桥。过桥进厕所，里面有装在壁龛里的博古架，整间厕所宽敞得可以躺好几个人。我踩着拖鞋，穿过微暗的又宽又长的走廊前往叫作"鸟海间"的包间，走廊上沉淀着云母色的光线，右边的一整面墙镶了镜子，当我经过排列在左边墙上的美人画和风景画，自己的身影映在镜中，如同从浑浊的水里浮现的画中人。感觉香艳，又有些窘迫。

　　"鸟海间"的格子天花板镶嵌的画，有色彩艳丽的章鱼、螃蟹、贝壳、鱼、水鸟等。墙上的画是水鸟和花草。壁龛的挂轴上，两只蜜蜂飞向大朵的白花。这地方做成了龙宫城。

1　宽中袖和服短外套。

哥哥最近去过中国台湾，他简短地讲了那边的火车的情况。允裕虽然是个日本僧人，却长得和劳伦斯·奥利弗一模一样，他脸色红润，高高兴兴地讲了坐大巴去帕米尔高原的事。允裕的太太春子有点感冒，一直在擤鼻子。她原本是个丰满富态的人，不知怎的缩了两圈，变成了小个子。听说泰学在冬天的时候差点死了。他整天躺着，想着死了也没什么，到了春天，他的想法改变了，觉得不能这样，要死也要等重建正殿之后再死，于是他每天念十句《观音经》，渐渐地就能出声了。如今他撑着拐杖，也能像这样一个人到东京来。他用含着痰的声音急切地说了这些话。泰学夹菜的时候手抖，盘子和筷子咔嗒作响，于是允裕帮他夹菜。记得他俩都和天皇同岁。泰学的头脑明晰，还知道一些其他人不知道的事，譬如"记得雅叙园曾经由入江隆子[1]当经理"。他好像经常看周刊，"武原半[2]看着真年轻啊。她八十多了，

1　入江隆子（1911—1995），明治到昭和期间的著名电影演员。原名东坊城英子，生于子爵家庭，因父亲去世，投靠在电影界的三哥，成为演员。她的大姐敏子嫁给了雅叙园的创始人细川力藏。
2　武原半（1903—1998），日本舞蹈家。

是吧？她现在跳舞的照片还是年轻又漂亮。听说她要改建房子。不对，好像已经建好了。听说她在盖房子期间待在镰仓。"他翻来覆去地说着年轻漂亮，春子显得不大高兴。

泰学要帮哥哥拿杏仁豆腐，哥哥说，我自己来就好了，不用，不用，可他还是要拿。他盛了满满一小碗杏仁豆腐，刚把碗递到哥哥跟前，手一抖，碗掉了，还打翻了啤酒杯，那周围都泡在水里。

孙辈们在聊奶奶（我婆婆）老糊涂之后的事，笑着。其他人在聊自己的身体和旅行。只有 M 说："大夫人真好看，她走在通往正殿的走廊上的模样，我仿佛现在都能瞧见。大家都说，就像歌舞伎演员走在花道上。"

一天。

我提前在汤岛办完了事，于是绕过不忍池，从池畔的入口前往上野动物园的水族馆。梅雨后初晴的一天。水位升高的池面上漂着许许多多的柳树叶。

参观动物园的顺序其实意想不到地难以定夺。例如上野动物园，从山那边的正门进园，先尽情地看了狮子老虎熊猫大象之类，便不再有心情看鱼。想着今天不看水族馆了，就走了。然后在回家的地铁上，总觉得有些意犹未尽，一想，没看到鳄鱼。鳄鱼被算在水族的分类，在水族馆的二楼还是三楼。我感到遗憾，在心里想好了，下次来的时候，我就不走山那边的正门，而是从水族馆旁边池畔的门进去，先看水族馆。

水族馆参观备忘录：

○ 鲨鱼不知撞在了什么东西上，鼻尖渗血。

○ 鳐一脸凶相。我刚起床的面孔就是这样的。

○ 白斑笛鲷因为脸太大了，头朝下游，休息的时候搭在珊瑚礁上。

○ 日本后海螯虾朝着首颈刺铠虾做出奇妙的举动。它是不是搞错了对象，想要和它性交呢（我这么想）。

○ 狼鳚又被称作"海底的狗"。它大张开嘴，冒出一串如烟的水泡，接着像是想到了什么，突然转向，给人看个背影。它的背后像四足兽那样，有腰。想到海底现在有这样的家伙，我高兴起来。它是一种正在消亡的鱼吧。

○ 大山椒鱼在岩石底下。它把下巴搁在右手上。我认为山椒鱼是日本的骄傲。在德国的动物园，围观的人最多的就是来自日本的山椒鱼。白人绅士和老妇人往长着羊齿的小池塘浅浅的水底扔钱，轮番战战兢兢地窥视昏暗的岩洞。当时我很得意。心想，我们山椒鱼才不会输给考拉呢。

○ 海月水母。在巨大的水槽的正中央，一只有着浅桃色半透明肌肤的大水母舒展身子漂浮着。它有无数的触手，像烟，又像头发，身上有四个仿佛用压箔机压出来的圆形花纹。据说它对些微震动和响声极度敏感，但它既不抓着什么，也不游动，甚至也没有摆出守势，好像就只是这么漂着。

○ 一只象龟的背甲上堆着青椒和西红柿，就那么用作揖一般的手势游着。另一只边游边吐出像稻草的东西。

○ 鳄鱼有一只沉在水中不动。另一只趴在前者的背上，大张着嘴。还有一只在干燥的水泥地上睡觉，排出绿色的小便。合计三只。

○ 网纹蟒和黑眉锦蛇（记得是这个名字）并不互相吞噬对方，靠在一起和睦地睡着。

○ 叫作唾蛇的黑蛇软绵绵地平摊着，和出版社送的好像是创业几十周年纪念品的砚台一模一样。

○ 森蚺正在打哈欠。比起旁边的蚺，脸长得可爱多了。要养的话就养这个。

○ 黄水蚺。这个也可爱，不过要养的话还是森蚺。

○ 非洲网纹蟒。好大。巨大，我家养不了。

就这些。

和水族馆相连的免费休息室里，椅子摆在湿漉漉的地面上，从水族馆出来的人们往椅子上一坐，张开腿“啊啊”地打哈欠。还有人嘀咕了一句“好困”，往桌上一趴。刚才在狼鳚那里久久地站着呆看的瘦小男子也在休息室里。因为是工作日，没几个公司职员模样的男人。手艺人风格、艺术家风格、黑社会风格的爸爸们带着老婆孩子老人来到这里。“好困。”“等看完大象去吃咖喱吧。”“能全部看完吗？”“哎，刚看过的动物，我全忘光了。”

水族馆内漂浮着犹如波子汽水瓶的淡蓝色光线，在里面一直看那些湿乎乎的动物，鳄鱼和鱼之类的，人很快就累了。

我还进了夜行动物馆。小小的夜行兽（不知道名字）

背靠着纸糊的假仙人掌，一直在抖啊抖。它被强行带到这样的地方，精神有些不正常了吧。我立即出去了。

从山这边的正门出来，传来了笛鼓声。我往声音的方向，也就是西乡铜像那边走去，只见彰义队墓地再往前的大树下，地区妇女团体正在练习民谣舞蹈，她们穿白色分趾袜，舞步显得轻快。

就在前几天，有人告诉我，大杉荣[1] 是在这一带被捕的。我想起了这事。我不熟悉真实的大杉荣，想起的是吉田喜重导演的电影里由细川俊之扮演的他。

西乡铜像前的长椅上，老头老太并肩坐着。老头的身旁放着纸箱和塞着衣服雨伞等物品的袋子，他把一合装的"万上"[2] 几乎喝完了，脸膛通红。他穿着打眼的红格子衬衫，看着像是别人给的或捡来的。虽然穿得年轻，看模样该有七十好几。

"接下来盂兰盆节有人跳舞，热热闹闹的，真好。"

"是啊，然后到了夏天，早上就会有像盂兰盆节舞

1　大杉荣（1885—1923），思想家、作家、记者、社会运动家。1923年9月，他和同居的伊藤野枝以及六岁的外甥一起被宪兵带走并被杀害。
2　一合为180毫升。"万上"是做菜的清酒。

的那个什么，从六点开始的。"

"广播体操。"

"对。广播体操。只要他们开始做那个，我就不寂寞了。从早上就能听见响动，是吧？反正有些开心。我在被窝里听那个来着。"

"还有孩子的声音。"

"对，他们吵吵嚷嚷地走过去。大哥你也是一个人过活吗？"

白发的老太婆身上松松地拢了件单衣和服，她一迭声地喊老头"大哥"，不停地和他说，那么年轻，身体又好，却生不出孩子，真可惜啊。

一天。

H买了五百克美国车厘子回来。说是新宿T水果店里，中老年女顾客们在排队。电视台的人来拍排队的场面，采访关于进口解禁的感想，H很想讲句话，但她今天没化妆，头发因为睡觉压到，往外翘，穿的衣服也不满意，于是她退缩了。这时，有个妆容完美、穿着漂亮的天蓝色西装的大妈悠然走出队列，说道："我们想要便宜又好吃的东西。"她答得简明扼要，H觉得她把自己想说的都说了，满意地回了家。

我也有过类似的情况。每次去国会图书馆，那地方都很可怕。首先，早上，要在入口外面的长椅上排队。结果工作人员提醒道，排队的队形错了。然后在借阅窗口，窗口的人又提醒道，借阅申请表填错了。对方的声音在嘴里含含混混的，听不清，我重新问了一遍，那边就一脸的不耐烦。然后只肯教我一点点。接下来，领取借阅图书的时候，当喊到自己的名字，必须说"在"，马上去拿，可是我已经等了好久，嗓子眼堵了痰，发不出声。或者虽然发出了声音，只能小声说"在"。于是那边又提醒道，请用听得见的声音大声说。报姓名的图书管理员的声音含混不清，让人觉得他一定是故意的，大家都撩起挡住耳朵的头发，竖起耳朵听着，等自己的名字被叫到，为此一直坐在等候处的椅子上，想去厕所也忍着。有一回，有个七十五六岁的高瘦老头，大概是第一次来，被人纠正了好多回，那个不对，这个不对，不是这边，到那边去，他大概是动了气，全身颤抖，口角喷沫地嚷道："我受不了了！你们这些年轻人为什么他们说什么就是什么？这样好吗？像这样假借权力的傲慢无礼，是不能原谅的！之前的战争就是因此才发生的！"人们避免和他视线接触，低头读书，或是摆弄文具盒。

（没错！不要胡乱摆架子。你们要张开嘴，好好说话。要告诉我们怎么做。）我在嘴里练习道。我想要站起身响应那位老人，按刚才的练习讲话，但我意识到，自己昨晚没睡好，黄着一张脸，出门时也没涂口红，于是我泄了气，低下头。

涂了口红就会有朝气。如果必须去某个可能会有争执的地方，那就不用说了，去派出所或警察局的时候，去税务署的时候，写字的时候，我都会先涂口红。

养成这样的习惯，是在战后不久。我当时的工作是在街上兜售从驻日美军的小卖部流出来的进口化妆品，便试着用了销售的口红。那是开端。我喜欢美国叫作米切尔的硬质口红。就算别人对我说，你的口红有点太浓了，你这是堕落了，我还是每天把嘴唇涂得红通通的，兴高采烈。

一天。（在富士山的小屋）

我昨天用快递寄出了食物和其他东西，一共三个包裹，今天午后来到山上，可是包裹还没到。我把所有的窗户和门都敞开，一边吹着风，一边呆呆地看电视。

我看了芝麻拌海蜇黄瓜木耳瓠瓜干的做法。节目结束后，专家出来讲了关于吊唁词的心得，以及守灵和葬礼的准备。专家说，其根本在于——必须在短时间内完成。我钦佩地想，原来如此。毕竟主角是尸体。尸体时时刻刻在腐烂。活着的人们聚集到死者身边，急忙将其送往彼世。此世只能让活着的人们待着。

对面溪边的公司宿舍[1]的管理员 A 穿过院子跑下来。我和他说我刚到，在等包裹送来，A 说，你的食材还没到，肚子饿了吧？请到我们那儿吃点荞麦面垫一下吧。

打开宿舍楼的大门，空气中充满了香颂的乐声。我心想，A 的兴趣明明是吟诗和萨摩琵琶来着。一曲结束，有个老头从食堂角落的椅子上起身，他穿着藏青底上有根白色线条的运动裤。他给便携式录音机（？）换了磁

---

1 东芝的职员宿舍，似乎也作为度假屋对外营业。

带。另一首香颂响了起来。

A 在退休后当了宿舍管理人，这十四五年来，从晚夏到秋天，他都会上山来，不过他带来当助手的老头每年都换。理由是这几种之一："山上的生活太寂寥了，过完一个夏天就不想待了。""A 不喜欢那人。""难得两人合拍，说好明年再一起来，可是还没到第二年的夏天，那人就生了病，或是死了，或是老糊涂了。"这个喜欢香颂的人看来是今年的助手。

在宽敞的厨房里，A 在水龙头、碗橱和煤气灶之间作三角形移动，很快煮了荞麦面，做了汤底。然后他用不自然的温柔嗓音招呼道："××，你要不要吃荞麦面？"喜欢香颂的 ×× 似乎讨厌荞麦面，回答说"不吃"。我和 A 对坐着吃。×× 站起身，从厨房的碗橱里拿了面包。A 瞥见了，又用温柔的声音说："××，你要不要喝可可？我有好喝的可可。"×× 说"哦"。A 去了厨房的碗橱那边拿了罐子过来，从里面取出袋子。"这是美国的，所以好喝。半包是一人份，不过我放一整包，做浓一些。那样好喝极了。"说完，他递了一包过去。×× 用热水冲了可可，嚼着面包，喝了起来，A 追问道："怎么样？好喝吧？"我吃完了荞麦面，正在喝绿茶，他又对我说："喝可可吗？美国的。"我要了一杯。好甜好甜，感觉会一下子患上严重的糖尿病那么甜。A双眼发光，问道："如何？好喝吧？"

"好喝。"

"是吧？不知为什么，这个可可就是好喝。我可喜欢了。"

天开始黑的时候，A又奔过院子下来了。"快递还没来吗？没吃的不好办吧？请过来吃晚饭。"我说我带了够一餐的面包，所以没关系，他说："面包怎么行？我做个味噌汤和鸡蛋，简单吃一下，别客气。"又说，被子有湿气睡不好，请用这个。他把扛过来的被褥干燥机放在屋檐下。"请别在意那个人。他冷冰冰的，也不怎么讲话，不过你不用管他。去年我带来的人，本想今年再带他来，结果得了胃癌死了。那个人闲着，所以我让他来替上。反正我是头儿。我按自己喜欢的做就行。请不用在意那个人。他做到八月底就回去了，之后你也别做饭了，请都在我那儿吃吧。泡澡也请在我那里泡。九月就请一直待着吧。"他一口气说完，跑上院子的坡回去了。

　　我没去宿舍，早早地钻进用被褥干燥机烘干的被窝睡了。夜里醒来，只听得窸窸窣窣仿佛在翻动纸张的声响。我把台灯开成微光，照了照，原来是三只松鼠宝宝，有的顺着窗帘轨跳到衣柜背后，有的蹿到天花板的梁上。这三只越来越来劲，开始从衣柜顶上往我的被子上跳。它们玩儿了个够，然后从靠近屋檐的小洞那里出去了。它们的跳跃方式有某种特征，还有，它们摊开的四肢的根部像贴了蹼一样柔软，所以那或许不是松鼠，而是白颊鼯鼠的宝宝。

　　一天。（富士北麓）

　　A带了一台大吸尘器，和助手老头一起来我家，把藏在二楼天花板昏暗角落里的蝙蝠敲打出来，吸进吸尘器，然后回去了。助手老头和我完全看不出哪儿有蝙蝠，A却马上找到并处理掉。他特别讨厌蝙蝠和老鼠的脸，只要看到了就一定要处理。他说，整面墙上一道道白的斜线，像雨水吹进来的痕迹，其实是蝙蝠的粪便。这些痕迹从二十多年前就一点点增加，我一直不知道是什么。

我割了草，然后点火焚烧，这时，外川来了。说是从上面的路经过，瞧见松树之间冒烟，就来了。当初建这座山间小屋的时候，石材店的外川帮忙做了石匠活儿，他现在是建筑公司的老板，还承担了市町村的公共建设工程。他胸前的口袋插着两支高级的金色圆珠笔。我问他生意怎么样，他说，不怎么好。说是每天在吃降压药。接下来要巡视三处山上的工地，他说着，喝了三杯茶。"毛收入去掉百分之三十人工费，百分之五十机械之类的设备投资费，剩下的百分之二十才是纯利润。再从中扣掉交际费，就是我的收入。"他用掌心搓着胡须浓重的红脸膛，笑道，根本存不下钱。外川和他的大儿子夫妻还有两个孙子住在底下的镇子。他太太大约十年前去世了。

　　今天下午两点以后，西边的天空传来远远的雷声，那声音就像有人在开合木板套窗。太阳不时炽烈地照下来。外川站起身，重新系紧裤脚的束腿，看向西边的天空，说道："东京的生活热闹啊。一个人也不会害怕吧？就算是乡下人，一个人在山里也不好受。你晚上看电视吗？"我对他讲了二楼的蝙蝠，还有进到一楼房间的白颊鼯鼠，外川静静地听完，然后像哲学家那样缓缓说道："任何动物都没什么可怕的。比起任何一种动物，还是人可怕。"

雨没有下起来，天就那么黑了。

一天。（富士北麓）

一大早，外川拿来一堆刚摘的菜，两个南瓜、长豇豆、高粱、黄瓜、一个瓠瓜、茄子和青椒。他边给我边说，南瓜是在稻田放掉水之后种的，所以水滋滋的，不太好吃。接着又故意用力掰着手指说道："盂兰盆节我只休十五号一天。十二、十三、十四都上班，只休十五号一天。"说完就走了。外川上次来的时候，我说，去年你带我去的天目山和大菩萨岭[1]很有意思，还想再去。看来他是在暗示，今年很忙，没法带我去。A 来帮忙修厕所的水箱，我分了些菜给他。他开心道，太好了，我全部做成浅腌菜，给客人吃。

* * *

阿球坐在晒得暖和蓬松的被子的正中央，将白色的

---

1 这两座山都在山梨县甲州市。

前腿并拢，全身沐浴着阳光。它银杏色的眼中溢出水分，眼周和鼻尖都湿漉漉的。薄薄的耳朵显出血管，耳尖的白毛在风中轻颤。不知为什么，阿球的圆脑袋的顶上小心地顶着一根它自己的掉落的白胡须，还有一片脱落的指甲……阿球，你是老糊涂了吗？

十九岁的阿球，按人类的年龄来说就是一百岁。它张开嘴，露出鱼骨一般的牙，火腿色的小舌头，朝着我无声地叫了一声："……"

"大妈，我为什么在这儿呢？好舒服呀。我还要再活一阵。"

一天。（富士北麓）

H休假来了山上，我和她下山去富士急乐园看矢野大马戏团和德国国立老虎秀。入场的只有像是由卡车司机组成的旅行团和小学生们。

两辆摩托车在巨大的银色球体内表演骑行，我凑在跟前看，尾气、震动和噪声让我感到不舒服，想吐。老虎秀的老虎，毛色体态都美，可光是吼叫（吼声洪亮），几乎没做什么表演，倒是老虎旁边半老徐娘的金发美人像是哄着观众似的，不停地表演杂技。这完全不像是国立，像是自立门派的秀。

傍晚，我们去了大冈升平[1]的家。我喝了啤酒，H喝了威士忌。喝了好多酒，整个人十分愉快。

谈话中断的时候，大冈并拢白皙修长的手指，用掌心摩挲着桌面，说道："这张桌子呢，是一块整板。我原来以为是贴面来着。"之前有一次，大冈说，上了年纪真没劲。努力写稿，光是买些睡衣。睡衣买来也没什么好开心的，是吧。

文人还是买了好桌子才开心。

我们慢慢地走在马路中央回家。灯光从右手边一片漆黑的树林中曳出，突然传来一阵笑声。这是个月夜，我心情愉快。

"在花田里你侬我侬……"[2]我边走边唱边跳舞。H开心地笑趴下了，说，你唱到"我侬"的时候，腿那么弯一下，好可爱。

1　大冈升平（1909—1988），小说家，评论家，法国文学翻译家。大冈家也在富士山麓建了别墅。《富士日记》中有不少两家人交往的记录。
2　日本搞笑艺人明石家秋刀鱼（1955—　）演唱的曲目。

一天。（富士山间小屋）

有一床垫被，长久以来一直被老鼠啃，我和 H 把它运到管理处的垃圾站。我原本打算夜深后悄悄地去扔，转念又决定白天去。要说为什么，夜里，卡车或其他车辆的司机驶过仿佛墨汁流淌而成的山中道路，此时，在车前灯的光线中浮现出两个女人。女人抱着垫被走着，那床被子绽出旧棉絮，表面散落着通红的花朵（被面的花纹一看就是被子特有的）。目睹这一幕，司机说不定会动歪脑筋。抬着被子走在夜晚路上的女人——简直就像在向人呼吁，请动歪脑筋吧。于是我决定在天亮的时候去扔。

大太阳底下，没有树荫的马路上，我们一次次重新抬起往下滑的垫被，往前走。H 说："我的朋友当中，有人因为看到女人的头发就心思蠢动的。女人的一根长头发掉在那儿，他就起了心思。说是，去女人家里，瞧见屋里掉着头发，就会那样。看见长在脑袋上的头发，他不会有那种想法。或者，掉在那儿的如果是短发，也不会动心思。"我觉得有点懂。男人不容易。H 坐了晚上的大巴回东京。

一天。（富士北麓）

在富士吉田 K 影院看了《死亡真面目》[1]（和《生人回避 2》[2] 两部连映）。

一楼凉快。同时负责卖票、检票和小卖部的大妈说道。去年她也这么说了。除了我，只有四个人。穿白鞋的女人，戴棒球帽的大叔，叼着烟、套着厨房罩衫的大妈，之后又来了三个男的。

《死亡真面目》中，原住民杀死了象。象很可怜，但那是大自然中的一种运行，感觉是一种食物链，是无可奈何的。接着是偷猎者们，那些为了获取毛皮而来的人类，杀死了海狗和鳄鱼。他们追逐海狗，把它圈起来不让它逃走，然后敲死它。海狗在哭。然后是人类被动物吃掉。在一股脑儿地杀了这么多动物之后出现这样的场面，让人觉得扯平了。接着出现的是上电椅和进毒气室的死刑犯。大男人畏惧、蔫掉、无法动弹、不想死。

1　*Faces of Death*，1978 年的美国纪录片。
2　*Zombi 2*，1979 年上映，由意大利导演卢西奥·弗尔兹导演。

被关进毒气室的死刑犯的眼睛被蒙住了，看不见，却扭动脖子，试图感知四周。恰好和动物被人类抓住时一样。接着出现了尸体解剖。"叽——叽——"地把皮剥掉。原来这就是人类。感觉稍微有些了解了（并不是很了解）人这东西。因为太可怕了，观看的众人（七八个人）在这时肆无忌惮又无力地哈哈大笑。放映结束后，他们一个两个地坐上停在 K 影院门口空地上的五辆汽车和摩托车，迅速地离开了。都是从远远的山那边开车来的喜欢看电影的熟客。

"太太，买盆观音竹吗？"

带关西口音的兜售花材的商贩向我打招呼，我没买。忘了是去年还是前年，他在这条路上喊过我。

一天。（富士北麓）

大冈家想找人看看坏掉的热水器能否修好，为此，上午我带 A 去大冈家。A 对夫人说，只要换个芯子就行，我那里有，下午我再带芯子过来修。

归程，属于村庄的树林中间那条糟糕的路上，A 把车开得飞快。途中，到了堆着沙土（熔岩沙）、宛如废矿渣山一样黑乎乎的小山那儿，他把车一停，像要一头扎在沙山里似的，接着像是无比感慨地用带着鼻音的声音说："大冈老师的夫人真是优雅又美丽。她年轻的时候一定很美吧。"

我答道："那位是以美著称的。在小说家的太太当中，她是特别漂亮的。"

* * *

风从底下的草原吹上来，掠过。太阳一会儿炽烈，一会儿被云遮住。一只身上有钴蓝色环状纹的大蜻蜓水平地震颤着翅膀，闪闪发光地飞来，在露台上来来去去。它每次转向，翅膀就发出窸窸声，尾巴弯成 P 字形。只见阿球在树林深处小便，侧脸严肃。它回来了，下巴放在前肢上，在水泥地上摊平，像一张熟皮革，或一片仙贝。

电锯的伐木声从早上就一直在响，正午停了一次，三点停了一次，然后一直响到了黄昏。刚才的蜻蜓又来了。我割完草，刚脱下长胶靴，它便掉进了胶靴，在里面挣扎。我把它弄出来，它又和刚才一样在阳台上飞来飞去。仿佛在找什么。仿佛这附近有什么让它在意似的。

是想喝水吗？我拿了只浅桶，装上水给它。蜻蜓看也不看。接着，蜻蜓开始以顺时针方向高高低低地绕着我家飞。我坐在露台上，它飞来停在我穿着束脚裤的腿上，然后掠过我的脸飞走了，兜了一圈，翅膀发出"啾"的一声，又停在我的头顶休息。我忽然想到，是不是哪个熟人去世了呢？

黄昏，A 来了。说是刚去修好了大冈家的热水器。

"夫人给了我一本书。叫作《一个补充兵的……》[1]。"他珍惜地抚摸着一册小书。

"是大冈写的吧？"

"是的。真不好意思。下次见到老师，请帮我问好。今后电视和报纸上只要有大冈老师出现，我都会看。今天接下来有十六名住客。明天二十人。他们登完富士山回来住。"说罢，他从院子跑上去，回去了。

六点左右，暮蝉叫了起来。今天白天，蝉和鸟都没叫。远处有只暮蝉回应着叫了起来。两只蝉的声音都缺

1　《一个补充兵的战斗》，大冈升平著，初版于 1977 年。讲述了三十五岁的大冈作为补充兵被征兵，在菲律宾打仗，然后成为美军俘虏的过程。

乏生气。我关上木板套窗，吃了饭。

一天。（富士北麓）

黄昏，我借用宿舍的电话打给 H。讲完要讲的事，H 说："星期一，我在地铁里晕过去了。"

她抓着吊环，呆呆地眺望婚庆场地的广告海报，看着看着，海报上新娘的脸和身体扭曲起来，朝斜上方飘去，接着车厢也变得扭曲，等她回过神，自己正躺在地铁车站的办公室里。站务员一脸的担心，给她喝了茶，说道："有没有掉什么东西？"不过，她装有相机和钱包的手提包，还有带着吃的两个饭团，都好端端地放在枕边。根据站务员的解释，她倒在车里的时候，两个饭团滚到了远处，有好心乘客捡到后交来。听说东京酷暑。

A 先后接待了十六名和二十名登山客，说是累得软绵绵的。他太忙了，没时间染头发，头上冒出一圈白发，像横着扎了根白带子。他把大冈的书带来，向我展示。

"你看，老师还在这儿给我签了名。我要好好地收着。晚上睡觉的时候读。"

又说："大冈老师很客气，我回去的时候，他还特意出来和我礼貌地打招呼，我真是……可是呢，头脑好、以写作为专业的人，似乎在机械和电这方面比较弱。他好像不会摆弄机械。行。以后我就带上工具箱，跑去帮他修。我喜欢看到别人高兴。"

"给我这样一本书，我真高兴啊……"他出神地摩挲着书，神色忽然变得坚毅，眸色浅淡的大眼睛闪闪发光。"会不会再给我呢？我还想要。"说着，他死死地盯着书。

他给我做了咖啡，又拿出米花糖。据说 A 毕业于中野的宪兵学校。他在华中待过，第二次被征兵时进了宪兵队。因为是在内地执勤，经常能回家。

"过什么什么桥的时候，陆军船舶部队的士兵'唰'地敬礼。我可得意了。哈哈哈哈。我特别爱看写战争的书。请看吧，电视机上的那些杂志。那些都是我读过的。我在 PTA[1] 的会上做过演讲。'皇统两千六百年的日本和建国二百年的美国，哪个更伟大？最近的风潮让人哀叹。'我这么一说，大家都赞叹地听着。"他逐渐兴奋

1　Parent-Teacher Association，家长教师协会。

起来，还谈了氢弹和原子弹。A似乎不是反核派。不过，自从修了热水器，他就喜欢上了大冈。他一会儿悄然道："那一位在整个日本都是有名的。被送去参战，吃了苦，好惨。"一会儿又补充道，"不过呢，他搞不了机械和电。"他就这样一直在聊大冈的事。

一天。（富士山间小屋）

昨晚做的梦。深泽（七郎）[1] 穿着白色和服，从对面过来。因为好久没见了，我们一把抓住彼此，兴高采烈。他老了，老成了一张让人觉得有点像认识的谁的面孔，但我还是一眼认出了他。我没问他病好了吗。在我们家，丈夫只露个背影，和四个陌生男子打麻将。深泽到他们旁边观战。其间，四个人当中的一个（有人说他是筑摩书房的）失手把什么黏糊糊的东西打翻在深泽身上，和服脏了，而且眼见着深泽的身体就变得虚弱了。那衣服

---

1 深泽七郎（1914—1987），作家，吉他手。以处女作《楢山节考》一举成名。《风流梦谭》引起右翼攻击出版社，他因此停笔流浪三年。1965年在埼玉县开设 "love me" 农场，1971年开了今川烧店铺 "梦屋"。五十四岁时心脏病发作，此后一直病弱。

是纯白的，我想他该多生气呢，他却故意称赞对方，说那人是个大人物，我不由得呆住了。深泽眺望我们家的田，说道，看不下去啊，我帮你弄一下吧。然后，他飘然走进田里。

一天。

X突然来了。我端出红茶。他说："我什么也没带，请不用招待我。"我说："谈不上招待，就只是红茶而已，没有其他的。"X把餐厅书架上的书（不是我的，是丈夫的藏书）仔仔细细地瞧了一遍，当他看到《××全集》，嘟囔了一句："××，我可不喜欢。"接着，他在长椅上望了一会儿东边的天空，又说，"今天和明天是满月和十六。赏月的日子。"然后他走了。

今晚该是满月，但东京多云，看不到月亮。电视上闹腾地播放着各地的赏月活动，就像大年夜的《去岁来年》。

在长野，人们铺了草席，坐在上面吹尺八。

在横滨，大妈们在三溪园弹古琴。

在会津城，人们演奏雅乐。

在冲绳，人们在树下跳舞。

男男女女都在庆祝。满月之夜，在整个日本，到处在举行各种各样的庆祝活动。我以前都不知道。

在电视上看了壮大的满月，像假的。据说，月亮上凹陷发黑的位置已经全部都取了名字。肯定是美国取的。

不可思议的 月亮升起 从三轮山的 背后

是谁第一个将它 叫作月亮呢（山中智惠子[1]）

我喜欢这首短歌。感觉就像自己变回了电影《2001太空漫游》开头出现的住在洞穴里遍生体毛的人类。

一天。

被雨声吵醒了。梦里有只蜘蛛，长着多得不得了的腿。仔细一看，那只蜘蛛趴在另一只蜘蛛的身上，正在吃另一只。做了这样的梦。

1　山中智惠子（1925—2006），歌人。其作品融合了古典与幻想，她因此被称作"现代的巫女"。现代的和歌一般指短歌（五七五七七音节），但也时常有变化。文中所引这首是五五五七七音节。

今天也下雨。去扫墓。因为要谈一下做法事的事，我在寺院内的雕刻美术馆附设的咖啡馆等着，阿白（住持）给一场法事念完经后来了，请我吃了洋葱炒肉配米饭。又有一对像是来扫墓的中年夫妇小心翼翼地进了咖啡馆，也点了洋葱炒肉。在墓地的甬道上，墓碑与墓碑之间，盛开的青葙经过年复一年的胡乱杂交，绽出形状和颜色都像内脏的花冠。有棵木芙蓉长到像工具棚那么大，开得正盛，全身缀满了白花（早上是白色，日落时就变成淡红色）。雨仿佛要沁入万物般下着。阿白喝着茶。他说，待会儿还有一场法事，现在有空。他聊了石刻。阿白很懂雕塑。

"我以为，比起画家，用石头创作的雕塑家要辛苦得多。就算想要做一件大的雕塑，也没有地方摆放作品。买家也少。去参加宴会，雕塑家的模样也和画家不同。肮脏。贫穷。成为雕塑家，他自己的家庭就不用说了，还会给整个家族带来危害。所以反过来，一旦有谁成为雕塑家，整个家族都会支持他。简直让人掉泪。"他说，寺门外十米左右的位置有块属于寺庙的空地。打算将那里做成野外雕塑公园。

我说，如今有些搞表演的人，会在石头或钢铁的雕塑旁边躺着或者跳舞，做各种秀，是吧？他说："已经有人来过了。"说是上回在美术馆，有个叫伊藤塔米还是托米的人跳了舞。那人在全身各处挂满了笛子，一边跳，一边依次"哔哔"地吹响笛子，让人很不舒服。尽管如此，还是有差不多一百人来看。

阿白喊来寺务所的男子，小声吩咐道："把……拿来给她。"我听着像是慈悲羊羹。（看来他是要给我吃名为慈悲的羊羹，要么就是让我带回去。我正好想吃羊羹。好久没吃了。这种雨天，就会特别想吃羊羹。不愧是寺院啊。居然有羊羹叫作慈悲羊羹。）——我怀着欣喜等着，寺务所的人捧着一只像是很沉的盒子来了，四方形的盒子有着蓝布贴面，很气派。那人把盒子放在住持面前，走了。之后过了很久，也没有羊羹出现。聊完法事的安排，阿白解释道，这是我家老人的法事分发给亲友的礼品，托了认识的雕刻家，花了差不多半年时间才做好。"面部呢，费了些工夫。"说着，他打开盒子，拿出一个用姜黄色棉布裹着的物体，给我看。是一个女人的头像。上面有标题，"慈悲容颜"[1]。

我当时并不觉得好笑，收下装有女人头像的盒子回了家。到家后回想起来，觉得好笑得不得了。

一天。

去了S的盘绘展。挨着私铁铁道的地下画廊。画廊的女主人说S今天不来，给我倒了茶。共有二十三只盘子标了已售的红色标记。差不多三分之一吧。

女主人解释道，S差不多一整个月窝在烧窑的山里，画了这些。细看之下，有几个盘子上的画显得没精打采。她说S明天要在这里办音乐会，唱歌。还说，S的歌全都是即兴的，第二次就没办法唱得一样，大家都爱S有一首叫作《玛德琳》的歌，请他唱那首，不过没法每回唱得一样。

看来女主人是S的粉丝，她说："……打开窗是玛德琳，关上窗是克罗迪……这首歌，您知道吗？"我摇头道，我没听过。心想，还好我是今天而不是明天来。

1　日语里"容颜"和"羊羹"的发音相同。

许久以前，包括 S 在内，我们三四个人在银座外围吃喝完，回程中，S 特别想唱歌，来到并木座[1]跟前时，他突然顺着通往地下电影院的台阶跑下去，我们从上面的马路往下看，他双腿分开，雄赳赳地站着，朝着我们张开双臂，唱了一首像伊斯兰教念经般的歌。歌声马力十足，S 自己也因此站立不稳，歌声不仅在筒状的水泥台阶上嗡嗡回响，似乎还响彻门背后正在放电影的并木座，他一首歌还没唱完，从里面出来一个留着大佛般的短卷发的男人，冲 S 吼道，滚一边去！

　　在车站等车的时候，我用脚划拉着站台的地面，计算着，一只盘子三万，三三得九二三得六，卖了二十三个，S 的收入是多少。扣掉各项经费，S 拿到的钱或许比中年白领一个月的收入还少，他也不是每个月画盘子，每个月办展，所以赚不到多少钱。画家也够辛苦的。

　　一天。

　　趁没忘写下来。昨晚（今天早上）做的梦。

1　一家主要播放老电影的影院，一楼是办公室，放映厅位于地下。1998 年因建筑改建停业。

我在梦里似乎是个女人。而且似乎是古代的人。头目是个长得酷似五木宽[1]的男人，是个武士，穿着带家纹的黑和服。在他的周围，除了我，还有老人、中年人、年轻人，一大群男的簇拥着他。众人坐在榻榻米客厅里。时代剧。我似乎是个农家女。黑和服被敌人包围。从周糟的氛围推断，像是有人来报仇。黑和服奋力起身，说道，你们要给我报仇啊。他从客厅出去了。他应该是很强的，但不知怎的变弱了，很快就踩着变得皱巴巴的和服下摆回到客厅。接着他磨了刀，又出去了，随即筋疲力尽地回来。敌方的武士头头焦躁起来，想要借一把好刀给这边，可那人却被干掉了，被绞死在院子里。敌人暂时撤退的间隙，我们开始商量对策。用砍刀吧。有个老男人把砍刀磨得极利。为了让砍刀的柄不要松动，我在刀把和刀之间的缝隙缠上了线，密密麻麻的，绑得像西阵织一样。明明应该很着急，我却在慢慢地绑。做这件事的时候，有人喊道，奸细混进来了！我不知怎的就知道，奸细是个男孩，脸上有两道烧伤的伤疤，穿黄色

1　五木宽（1948—　　），演歌歌手。

和服。如果让这孩子活着回去，我们用砍刀的战术就会被敌人知道。我去杀他。男孩蹲在屋檐下滑溜溜的红土那儿，背对着我。我用砍刀砍了两下，砍在他的头和背部。他小声喊着"好疼好疼"，仰面倒下，那张脸上并无烧伤的伤疤，而是可爱的玉一样的面孔。但我已经又一次出手，重重地砍了他，想把他躯干上没有骨头的部分一砍为二。我心里有股情绪像瀑布一样，把男孩砍倒了，重重地砍下去。男孩渐渐发不出声音。我把他身上皮肤连着的部分砍开来。然后醒了。

* * *

很快要开 H 的展会[1]。今天，告知展会的明信片印好了，H 去拿，画廊主人 I 说："开幕派对要做得清爽，清爽些。"之后和 H 聊的时候，那边又翻来覆去讲了好几遍"要清爽，清爽"，像在叮嘱似的。

H 边往明信片上写收件人，边说："他要么是以前有过很不清爽的开幕派对，搞怕了，要么是害怕我因为太开心喝得醉醺醺的，总之是这两者之一。"我帮着贴

1　可能是武田花的第一次个展，1986 年的《有猫的场所》。那年武田花三十五岁。

邮票，到夜里一点。

看电视新闻，结果看到了不清爽（彻底完蛋）的派对事件。

——在一家叫"土佐人"的小餐馆，举办了汽车业界的宴会。与会的几个人去了叫作"火烧云小烧云"[1]（名字够随意的）的小酒吧续摊。那家店就在隔壁。一个人对另一个人说，你的牙真好，说着，将自己的手指尖塞进对方的口中，被对方咬掉了。大出血。人们一团乱，伤者被救护车送进医院。手指从第一关节断了。医生解释其伤口的状态，说是就像被锐利的刀斜着削掉了似的。又说，让人难以置信，难以想象这伤口是被牙齿咬掉的。咬人的赔了一千六百万。据说那人以为对方塞了粒兰花豆在自己嘴里——这事并非与我无关。我在这里记下来，引以为戒。

一天。

最近每天一到下午，H 就去日本桥的画廊，坐在

---

1 《火烧云小烧云》是由中村雨红（1897—1972）作词的童谣。"小烧云"
　并无含义，仅仅是为了押韵。这首童谣也是 JR 八王子站的发车音乐。

里面。

我也到了黄昏就出门过去。画廊来了个穿红袜子的大个子西洋女人。是下周办展的法国人格拉蒂丝女士。H 的展会即将顺利结束。不过,开幕派对那天的归途中,H 的手提袋丢失了。

堀切[1] 和朋友来了。堀切似乎来得匆忙,以像要往前扑倒的步伐走上前来,嘴里说着,第一天我没仔细看,我要重新看一遍。他一张张地凑近照片,目不转睛地仔细打量,大声发表感想:"这个摄影展,我私下取了个名字,叫作《胖风景》。《胖风景》是这张和这张,还有这张,那张,其他倒也不算。"走到鳄鱼的照片跟前,他像是看热了,突然脱了毛衣。

我们等到六点半,四个人坐地铁去了中目黑。在地铁里,堀切一脸认真地注视他朋友那件灰毛衣的肩膀位置,用不输给地铁行驶声的大嗓门说道:"这件,真不

---

1 堀切直人(1948—),文艺评论家,曾任编辑。1978 年 12 月,北宋社发行《意象的文学杂志:吃东西的女人》,由武田百合子监修,堀切直人编辑。武田百合子为此书写序言《枇杷》,收在《语言的餐桌》。另有一篇写堀切直人的文章收于《那时候》。

错。就是旧了。"地铁很响，所以他说完后没人开口。在地铁里讲话必须提高音量，每当这种时候，我就会想吐。

接下来要去的是堀切的朋友告诉他的店。总之很便宜，便宜，而且好吃。堀切穿过雨水淅沥落下的铁轨桥下，顺着围墙走进巷子，路上把这话讲了好几遍。

店里满满当当。塞满了人，像要沸出来似的。客人们按照店铺的轮廓把所有角落坐满了，所以看不到榻榻米。也不知道这店究竟是干净还是脏。炖煮的气味，烧烤的烟，不绝的笑声说话声以及咳嗽声。终于空出了四人位，我们脱鞋落座。

"这里便宜又好吃。某某还把这里的腌菜打包带回去了。我们先点烧酒苏打水，吃全套吧。"众人听从了堀切的意见。男伙计端来了柠檬、柠檬榨汁器、装有烧酒的啤酒杯和瓶装苏打水。堀切伸出他圆乎乎如同金太郎[1]的手，立即开始榨柠檬，并命令朋友道："××，请倒一下苏打水。""这样吗？倒这么多？""再倒，再倒，

1　日本传说中的金太郎是个穿肚兜的圆胖少年，扛着斧头坐在熊背上。

好，这些够了。"

冷豆腐，黄油什么什么墨鱼肠（用黄油做的带墨鱼汁的墨鱼内脏），炸墨鱼须，土豆烧牛肉，腌萝卜，其他。

"其实这里的腌瓠瓜可好吃了，不过现在没有。某某可是打包了腌瓠瓜回去。"堀切再次遗憾道。

H喝酒的速度变快了，她早早地醉了，站起来说："这一单让我买吧，我的照片卖掉了。有人要买呢，我那幅叫作《堤坝上的筒》的照片。"

我们又去了一间附近的店。堀切喝了叫作乌龙嗨棒[1]的。其他人喝了叫作青苹果酸的饮料。吃了鱼糕片。来到这间店之后，H一会儿搭在别人身上，一会儿自高自大，大家都受不了她，很是疲倦。（后来听说，我也一会儿搭人身上一会儿自高自大。）

不知什么时候，H不见了。有人去厕所回来，报告道："H刚才边唱歌边化妆。在厕所里都能听见。她心情真好。"

---

1 英文highball的音译，威士忌加苏打水再加其他调味。下文的青苹果酸（sour）则是添加柑橘味果汁的鸡尾酒。日式小酒馆比较随意，并不严格按鸡尾酒配方制作。

一天。

天气晴暖。我和 H 出门去买过年的物品。临近年关，地铁很空。对面座位上有个老人脸色通红，正在打盹，他抱着的纸袋上写着："腹挂股引[1]技术保存会商店"——总觉得会一直记得这行字。

我们在汤岛下车，在阿美横丁买了鱼子、章鱼、皮蛋、杏干、鱼糕、伊达卷[2]、鰤鱼的鱼身、栗金团等，一样买了一点点。买了两件棉袄。

在附近的定食餐馆吃晚午饭。餐馆里坐满了。一家人。夫妻。两人一组的。人们把正月的购物袋放在脚边，差不多一个人三个袋子。等位等了一会儿，其间，我看了摆在陈列架上的食物模型（用蜡做的套餐样品）——

五目套餐（五目饭[3]＋清汤＋寒天＋冰激凌）

---

1 腹挂和股引分别是日本传统匠人服装的上下装，前者有点像肚兜，后者是腰部系带的紧身裤。现在一般在庙会上穿，搭配鲤口（鲤鱼形袖口的七分袖无领衬衫）。

2 日本过年必不可少的年菜之一。鱼或虾肉泥加鸡蛋和高汤，以偏甜的调味做成蛋饼，再卷成卷。据说是伊达政宗的爱物。

3 将鸡肉、牛蒡、胡萝卜、香菇和魔芋用高汤炖煮，再和米一起煮成饭。

豆腐皮寿司宽面套餐（宽面＋清汤＋两个豆腐寿司＋咖啡）

关东煮宽面套餐（宽面＋关东煮＋三色年糕团＋蜜豆）等，各种各样的组合，一共十种左右。我仔细地看去（那里面煮久了的关东煮萝卜就像起了一层鸡皮疙瘩似的，做得逼真），突然，一股情绪像热水一样涌上来，死后的世界该很寂寥吧。那个世界没有这样的热闹吧。我还想在充斥着这些东西的世界再活一阵！

手艺人模样的父亲带着个男孩来吃饭。两个人都穿着新买的羽绒外套，父亲的是藏青色，男孩的是白色和茶色的横条纹。两个人的头发都是刚去过理发店新剪的。男孩开心地在讲想让爸爸做什么。"到家后，帮我把书的封面……"父亲点着头。

终于空出两个位子，我们刚坐下，H便环顾四周说道："我这是怎么了？总觉得有股强烈的过年的心情。"我把刚才看食物模型那会儿的心情讲给她听。H一脸严肃，深深地点头道："你那才是过年的心情呢。完全就是过年。"

我点了五目套餐，H点了豆腐皮寿司宽面套餐。有个饭馆老板娘模样的人带着三个中学生年龄的女孩，让女孩们吃红豆沙蜜豆寒天，她自己在吃五目套餐。

五目套餐的米饭一团团的，有的冷，有的热。米饭上面的桃红色鱼松甜得让人以为是把砂糖直接染成了桃红色。鱼松旁边的炖笋则是浓浓的酱油味儿，如同福神渍[1]一般，那旁边的菜叶很咸。

H点的豆腐皮寿司宽面套餐还没来，我先吃了起来，她问："味道怎么样？""好甜！" H像是开心地笑了。"果然！有点怪吧！！""好辣！！"她笑得更开心了。旁边桌有对男女相对而坐，男的穿件黑皮夹克，一头小卷毛，他探出半个身子，担心地看向我。豆腐皮寿司宽面套餐送到了H的面前。H吸溜了一口宽面，我问："味道怎么样？""没味道！！"这时，那一对当中的女人担心地看向H。女人很漂亮，看着像个陪酒女。不久，那两人点的菜也送到了他们跟前。男的是五目套餐，女的是豆腐皮寿司宽面套餐。

我们从不忍池靠近山那边绕了一圈回家。动物园已

---

1 蔬菜用盐轻腌出水，切碎，用酱油、砂糖和味醂腌制，一天后即可食用。

经停业了，要到过完年才开。园内传来黄昏时分的海狮的叫声。

晚上，我看了电视台转播的舞台剧《妇系图》"卯总"[1]那一场。阿茑重病卧床，真砂町的老师家的小姐送给她一副紫色衬领[2]，她说了一句有名的台词："我对浮世产生了眷恋。"而我对浮世的眷恋，是那排成一排的蜡做的食物模型。

* * *

补记：H谈了对这天的食物味道的感想。

宽面没味道，其实没什么。豆腐皮寿司甜滋滋的，也没什么。我先吃了没滋没味的宽面，然后再吃甜的豆腐皮寿司，让自己舒服些。到这里都还行。宽面凉了就不好了，所以先吃它，对吧？然后吃凉了也没关系的豆腐皮寿司。按这个顺序吃，在豆腐皮寿司之后喝了咖啡。豆腐皮寿司，然后是咖啡，这个瞬间，口腔里那种感觉

---

1 《妇系图》改编自泉镜花的同名小说。柳桥艺伎阿茑和德语学者早濑主税私订终身，早濑的恩师酒井要求两人断绝关系。早濑为阻止恩师的女儿嫁入不义的富豪家，前往静冈，将阿茑托付给外号"卯总"的鱼店老板。下文中"真砂町的老师"指的就是酒井。

2 缝在和服贴身衣服上的衬领，和服不常洗涤，一般拆下衬领清洗。

才叫厉害。没那么吃过的人大概会觉得没什么。然而并不是没什么。如果没有过吃了豆腐皮寿司再喝咖啡的经历，是不会明白的。怎么说呢，那种想要呕的感觉。阿球（我们家的猫）经常不小心闻到它特别讨厌的怪味道，然后微微张着嘴巴，一脸生无可恋的表情。就是那种表情。

我的感想：我的套餐里有山药泥天妇罗和冰激凌。匆忙吃完五目饭之后，得先吃冰激凌再吃山药泥天妇罗，不然的话，冰激凌就要化了。哎，因为套餐有个汤，我喝了汤，吃了饭，然后冰激凌吃到一半的时候，开始打冷嗝。还是第一次发生这种事。真是上了年纪。我喜欢冰激凌，也喜欢山药泥天妇罗，才点了这个套餐，这么点太傻了。吃完冰激凌再吃山药泥天妇罗，味道就完全不让人感动了。

一天。

想着要吃年会饭了要吃年会饭了，不觉到了正月。想着正月了正月了，不觉出了正月。今天多云，寒冷。富士胶卷的广告飞艇飞到离窗户很近的地方，然后又飞远了，再一看，它又飞近了。今天差不多要发生杀人案了。不对，昨天也有过吧。不对，正月二日和元旦好像也有过。最好别休息太久。最好去上班，忙碌一些。当人们老在家待着，就会有人来家里喝酒和争吵，然后发生不得了的事。

我打算把为正月买的章鱼剩下的一点喂给乌鸦，去了代代木公园。刚把章鱼须扔出去，乌鸦们便四散起飞，它们戒备着滚落在地上的怪物，始终不肯从树上下来。

夜里零点半，大雪预警。

一天。

很冷。我贴了暖宝宝，在上午十一点离开家。池袋的文艺坐[1]地下剧场在放《推理电影系列：松本清张大会》。每天两部，连放十五天。昨天是第一天，放了《风的视线》《零的焦点》。今天是《雾之旗》与《波之塔》。

电影院里有戴着兔毛防寒耳罩的老人，穿着好像很暖和的羽绒服的老人。休息时间，这里那里的座位上，闪亮的秃头、不闪亮的秃头和毛线帽都转着脑袋，活动

1　文艺坐 1956 年开馆，1997 年闭馆。建筑物拆除重建，改作他用。2000 年，新文艺坐开馆。

脖子。昨天也有很多老人，今天也同样。大叔大妈（包括我）都喜欢松本清张的电影。松本清张的电影中总是出现日本的景色。日本的各地让人怀念。只去过热海和京都的我却感到怀念，有点奇怪，但即便没去过，还是会有种怀念感。

一天。

晴暖。上午九点离开家。池袋站前广场那家据说经常中奖的彩票店门口有人排队。

今天放的是《点与线》和《黄色风土》。

有个身高两米左右而且头超级大的男人进来，当时我只顾着为他的巨大而震惊，结果他慢吞吞地走来，在我前面的位子坐下。他本来脑袋就大，还把过于茂盛的头发烫成大卷竖在头顶，所以我什么也看不见。男的经常会塌着腰随意一坐，如果他那样坐，我好歹能看见银幕，这样想着，我探头看去，只见他穿着裤子的腿顶在前面的椅背上，动弹不得，没法期待他能歪朝一边坐。什么也看不见。我后面座位的人起身走了，我便移到那个位置。隔了一排，大概能看见了。结果什么也看不见。

我放弃了，重新起身。起身环顾四周，只见男人身后的位置，有六排都没人坐。要是有哪个脾气急躁的黑社会大哥来看电影，这个人会挨揍。感觉他迄今为止该有过好几次这样的遭遇。即便如此，他因为太喜欢电影，明知自己会给人添麻烦，还是做好了可能遭遇可怕和讨厌事件的心理准备，来到电影院。

我在百货商店的食品卖场买了一千元三盒的饺子回家。

一天。

冷。贴了暖宝宝离开家。上午十点。

今天放的是《无影之声》和《颜》。电影票自动贩卖机前有十个左右的男人在排队。座位满了三分之二。大多是大学生和中年男子。发蜡的气味。

"小卖部有热咖啡销售。"听到场内广播，几名男观众起身出去，然后陆续回来，他们一手调整围巾，一手举着冒热气的纸杯。有个退休导演模样的老人从小卖部买来松本清张的文库本，边掏耳朵边翻看。前天我也买了两本。每天来看电影，不觉就会想买书。前天有个戴茶色帽子并带着钓鱼用具的大叔，今天也来了。(前天放的是《内海之轮》和《球形的荒野》。《球形的荒野》是讲军人的，这部一开始，场内那些带了伞或是把外套整齐叠放在膝上的体格健硕的老人们便屏息敛气，往前探出身子看了起来。他们曾顺利通过征兵体检，被征入军队然后奔赴战场，说不定还曾经干下过什么不可告人的事，如今则是过着平凡生活的老人。这群男人目光灼灼地看着电影。)

"影院内有扒手、偷窃放置物品者、流氓……"我旁边是个推销员模样的中年男子，他不发出声响地吃了咖喱面包，然后把纸袋折起来，收进扁平的包里，将双手交握放在包上，仿佛怕被人怀疑是流氓。《颜》结束的时候将近五点。今天也买了三盒一千元的饺子回家。经过陈旧的木构教堂前，看到大门上贴着张纸，写着像是歌词的文字，便停下来读。

"匆匆外出，常带来悲伤的归程。愉快的熬夜，会造成悲伤的早上。"

我边走边琢磨。就是说——不能玩儿。也不能熬夜。就是说——在讲我。

S最近也在电话里说："我闲得很，突然变穷了。"我忽然为自己的将来感到不安，心生寂寥。不过，到家的时候就没事了。

一天。

今天放的是《砂之器》。会有好多好多的大叔大妈来看吧。《砂之器》可是日本人的心。我十点离开家。

进场的时候，《越过天城》刚结束。几乎满座。

和我隔着通道的右边的男人把双脚跷在前排座椅的椅背上，他的左右两只脚穿了颜色不一样的像木屐分趾袜的厚袜子。他从放在地上的袋子里拿出看着像面包的东西，飞速地吃了，吃完后，又用吸管从茶色瓶里"吱吱"地吸取液体。当响起"请小心偷窃放置物品者和流氓"的场内广播时，他停止吸液体，大声回应道："笨蛋。说什么流氓……？怎么可能有人耍流氓！都是些老太婆。"大家都笑了，男人大概是因此得意起来，或是因为喝了那液体而精神起来，当开始播放新闻和几部预告片时，他仍在不断发表意见和感想。

"浑蛋，上次也是这个。别搞了，怎么又放这个？"

他大骂奥多摩香鱼解禁的新闻。当悲伤的音乐流淌，预告片的女主角出现时，他说："哦，佐久间良子，练马的大小姐，不对，不是练马，是目白。目白的大小姐写一手好毛笔字。"不光是主演，配角出现时，他也能一一叫出他们的名字，并喊出演员的出生地、兴趣爱好和年龄。"大正三年生，和淡岛千景一样。""老家是熊本。"他很懂。看起来在电影界待过。"×××××，哦，这个女人不错。""这什么嘛！"他不断说着，搞不清他的心情是好还是坏，所以周围的观众都避免和他视线接触。不久，他像是突然困了，安静下来。但即使这样，他的脸颊还在像哭泣似的不断抽搐，半梦半醒地就电影评论道："这个好烦啊。"接着，他打起了呼噜。

——夕阳的逆光中，少年在海边堆砂堡的身影映在打了标题的背景上，此时故事还没开始，从座位的各个角落便已流淌出"啊——"的一声，如同叹息。大家都看过好多遍，都了然。《砂之器》是一部不可思议的电影。看多少遍都行。

两名刑警（丹波哲郎和森田健作）不停地擦着汗，走在烈日下田野间的路上，走在地表因热气模糊的乡间道路上。若说这是悠然的景色，并没有出现随意躺着的人。悠然的河里，有人在捕捉什么。悠然的原野上，有人在采摘什么。旧时日本的景色。六月末，在国有铁路蒲田调车场内，发现了一名六十岁左右的男子被扼杀的尸体。当查明被害人身份，新锐天才作曲家作为犯罪嫌疑人浮现，然而其杀人动机不明。两名刑警的搜查在继续。

作曲家害怕自己的身世被揭露，杀死了爱人与恩人，加藤刚[1]并不适合演这个角色。他的脸太过英气。毕竟那可是能够演大冈越前守的英气面孔。尽管如此，他真是个好演员。看着看着，观众会感到，像这样一脸不高兴的音乐家，或许也是有的。同样有着英气面孔，如果让演桃太郎侍的高桥英树来演作曲家，就不行。

故事进入后半程，我去厕所，顺便想在静悄悄的小卖部找点吃的，这时，一个用裹背背着婴儿、穿着长橡胶靴的小个子叔叔走过来说："大姐，快进去吧。接下来是丹波哲郎讲话那段，赶紧进去吧。"

---

1 加藤刚（1938—2018），演员。从1970年到1999年，在二十九年间一直饰演时代剧《大冈越前》的主角大冈忠相。

接下来——

在搜查会议上，刑警丹波哲郎开始讲述终于搞清楚的杀人动机之谜。随着他的讲述，出现了因为麻风病被逐出老家的父亲和那个男孩（作曲家）前往巡礼路的场面。在山顶俯瞰村庄并鞠躬的父子，站在阴影里和原野上、摘下帽子默默目送他俩的村民们。雨天，走过长长的木桥。落日的海岸。雪天，在庙里喝粥。杏花盛开时节的往返。父亲的病情加重。嗒啦咔啤啦嗒咔嗒嗒啊啊啊，啤啦咔嗒嗒啤啦啊啊啊。悲切的钢琴音乐高声奏响。观众们仿佛就等着这一刻，尽情地哭泣。

我"嗯嗯"点头，举着纸杯往黑暗中折回。

一天。

"你现在有空吗？"O[1] 打来电话。O 是个老朋友，独自做电影杂志。我帮 O 做了些工作。黄昏，工作告一段落。

1　推测是小川彻（1923—1991），电影评论家，文艺评论家。长期担任《电影艺术》主编。武田泰淳也曾为该刊写稿。武田百合子为小川彻《有爸爸在的地方》写的书评收于《那时候》。日记其他地方提及的 O，所指不详。

他说："哎呀，今天真是辛苦你了。你帮了忙，我想请你吃饭。有家还算好吃的寿喜烧。我要请你吃饭。"感觉O没什么钱，我便回绝道，不用了不用了。可他又说："人啊，还是得好好吃饭。"于是我不好意思地说，那好吧。我脑海中浮现出带有圆形窗户的日式榻榻米包间，心想，请客吃寿喜烧，好厉害啊，真不好意思啊。我跟着他，顺着高架铁道桥底下通风不畅、淤积着小便气味和油墨气味的道路走去。

好好吃饭……这是做了腹部的大手术、近年来每年住院又出院的单身人士O的生活基础。他一直都在好好吃饭，增加体重，试图让身体在风吹来时也不会摇晃。

"吉行的《到街角烟店之旅》[1]……那个标题，也就是说，他只能走到烟店是吧？吉行的身体好像也不好。哪里不好？你知道吗？比我还糟吗？我啊，最近为了买猫粮去711，就已经是极限了。骑自行车也颤悠悠……不

---

1 吉行淳之介于 1979 年出版的随笔。吉行淳之介（1924—1994）曾就读静冈大学法语系，其间在新太阳社担任《摩登日本》编辑，放弃学业。1953 年因肺结核离职，1954 年以《骤雨》获芥川龙之介奖，从此专注于写作。

过，要是走不动，就活不下去了。听说永井荷风临终前也走不动了是吧？"

我记得 O 六十五岁左右，不过他从大病之后老了起码十岁。他的步伐迟缓，有时甚至让人以为他是明治[1]年间出生的。本该出席试映会和聚会的 O 有时没到，有时迟到很久，是因为他虽然早早出门，但他在上下车站楼梯和换乘电车的途中喘不上气，经常要倚着墙或是蹲下来休息一阵才能继续前行。

尽管如此，一旦他跨上自行车，转眼间，从表情到动作都变得年轻了，宛如町里助人为乐的电器商行的大叔。他可以从容地去澡堂、定食餐馆、诊所。我曾经见过 O 趿拉着桃红色拖鞋（O 穿着在家的拖鞋到外面，然后就那么穿着回家），把猫放在自行车行李架的筐里，骑车前往宠物医院。他能配合别人步行的速度慢慢骑，或是用单手掌控龙头，另一只手按着行李架，嗖嗖地从人群中穿过去。

路边排列着麻将馆，二手邮票店，印务店，颜料厂，

1　1868 年 10 月 23 日至 1912 年 7 月 30 日为明治时代。

叫作"帝国贸易共济中心"的、名字既像是右翼又像是左翼的事务所，以及治疗口吃的精神肉体强化研究所等。在这些的前方，有间像是战败后的外食券餐馆[1]的店，O推开那间店的玻璃移门，进到里面。

其实是一人份五百元的寿喜烧。和叉烧面一个价格，便宜得惊人。震惊的同时，我松了口气，同时觉得这是理所当然的，又有点无趣。一吃，五百元的寿喜烧有许多料，味道又甜又浓，店家下了功夫，让人能吃得饱饱的。O像是这里的熟客，有张扁平圆脸的老板娘麻利地绕着桌子调节煤气大小，她称O为"老师"。

旁边一桌也是两个人，一对五十来岁的男女在涮吃的。藏青色西装的瘦小男子把一次性筷子扎在锅里的豆腐上，身子前倾，太阳穴浮起青筋，诉说着生意上的苦衷："我觉得那是我没做好。像那样……"穿格子西装的大个子女人边把沾在胸前的食物掸掉，边漠然地听着，嘴里说着"嗯嗯"。

1　日本在第二次世界大战和战后进行大米管制，并针对外出就餐发行外食券。在指定的餐馆，顾客凭外食券购买主食。非外食券餐馆不提供主食。

O再一次说："人必须好好吃饭。"他不断地在锅里捞，连同他自己那份，把扑簌簌煮到发黑的肉一个劲儿地夹给我，又用嘶哑的嗓音大声让人再拿个鸡蛋来[1]。我心满意足，感到自己获得了十二分的款待。

O说他有一阵没见人了，只对猫说话。他急匆匆地讲了起来，话题随意跳到他脑海中推来挤去漂浮着的一个念头，又随意跳到另一个念头，跳来跳去。

"××，那家伙是个色情狂。我以前都没发现。"说到这一段，他一个劲儿地感慨着叫××的人的性生活，突然，他就像××附身似的演了起来，唔，嗯，唔。我完全不认识××，所以并不在意是否知道这些。

"昨天，四场色情片连映，我看了两场走了。对，就在新桥高架桥下的那家。电影非常有意思。我回到家一直在琢磨，为什么这么有意思呢。结果仔细一想，是因为我完全不懂女人。我就像个少年。"

"你现在才发现？"

"对。"他摆出认真到极点的表情，深深点头。现在

---

1 寿喜烧的典型吃法，用生鸡蛋作为蘸料，将肉在蛋液里裹一下。

才发现不是晚了吗？还有，自己说自己像个少年，真敢讲啊。我这样想着，没说话。

当O讲起国际电影节和最近看的电影，他的眼睛闪闪发光。表情也带了笑意。我不禁感慨地想，佐藤重臣和这个人真的是"电影之子"啊。他用手掌敲着桌边说："对！"又露出随和的笑容，夸张地附和道："就是那个。得有人指出来。我就是想听你说呢。"他说了句"说起来，我是个电影评论家"，忽然眸子里的神色一变："虽然这么说，可我的体力不行了。身体啊！"他的表情变得可怕，一副那种听到不爱听的话而不开心的模样。

只要喝了酒，第二天肚子就会痛得厉害。说着，他喝了几口酒，整个人就像打了针似的，嗖嗖地变精神了。然后他开始对一切事物做背后的解读[1]，只除了他自己、他死去的母亲、他养的猫。然后大概是讲了太多的话，他突然低血糖发作（O自己说是低血糖，赶忙从兜里拿出备着的甘露糖含在嘴里），体力噗噜噗噜地就没

---

1 背后的解读是小川彻电影评论的关键词，剖析影片深藏的主张和政治思想。

了，他一动不动地闭着眼，喃喃道："我活到现在，对社会一无所知，到如今我才意识到。"

"你看××××××［比O的杂志更新潮和优雅的电影杂志］吗？我不看。在书店也不会拿起来。我觉得，那种杂志看个一页，我就会完蛋。"第一次去O的家，上到他位于二楼、阳光透亮的两间打通成一间的工作室，只见整个房间乱七八糟地扔着报纸、杂志、书、纸张、碗、筷子、盘子、焦黑的鱼干、领带和绳子等，看不到榻榻米，而且报纸一层摊一层，走路会打滑。大大小小的猫在玩儿，它们钻进报纸里藏起来，或是跳过去。我说，你这儿像一片原野。O立即躺倒在报纸的波涛间，匍匐前进，摆出用三八式步枪狙击的姿态……我以为，O的人生，就像一直在独自坚强地排除步枪故障并射击……但他和我们一样软弱……今天他拜托我做的活儿，也主要是给各个作者打电话，拜托他们写稿。O拿起电话，手指靠近拨号盘，之后生出怯意，拨不了号，缩回手，"啊"地叹道，我太弱了，不敢打电话。我以为，他并非天生软弱，而是因为用佃煮¹或羊羹打发作者（给我的是佃煮），或者根本就不付稿费，所以才打不了电话。

O 不停地说着话。刚觉得他自高自大吧，他又呈现出奇妙的谦逊。他聊了现在想吃的食物，老年的退休金，淀号²罪犯的情况，西服和鞋，中目黑的卖春，然后又聊了电影——就这样，在谈话中间，他像是因为久违地见了人并聊了这许多而心生喜悦，把正在锅里翻找食物的筷子一停，挺直背脊环顾店内，然后用发自内心的高兴口吻说："今天真高兴啊！"他这样讲了好几遍，周围的食客每次都吓一跳，看向我们这边。

我说了句"承蒙关照"，起身刚走了两三步，只听背后传来巨大扁平的物体倒下的声响。O 连同塑胶圆凳一起仰面摔在地上。一瞬间，我想：啊，O 就这样死了。

---

1 旧时用酱油和糖煮小鱼或贝类，为的是长期存放。如今常作为罐头食品。

2 1970 年 3 月 31 日，九名赤军成员劫持了从东京往福冈的日本航空 351 航班(淀号)，要求在朝鲜着陆。这是日本历史上第一起劫机事件，以犯人达到目标告终。其中两人后来因其他案件分别在日本和柬埔寨被捕，经确认身份后被起诉并服刑。

但 O 本人像是常发生这种事，若无其事地说："今天谢谢了。"他维持着倒地的姿势，一脸随和的笑，敬了个礼。他的表现力太出色，我因此有些感动，觉得自己受到了超过十二分的款待。

从高架铁道桥下穿出来，对面宾馆楼上的粗排气管喷出一股股被霓虹灯染成桃红色的蒸汽，那旁边挂着一轮带了点桃红色的月亮。啊，满月。今天许多事如同云开见月，然后又被云雾遮蔽，如此反复。我感觉脑袋里的内容变得丰富了。

很久以前，有个这样的食用油广告："岁末送礼，给今年关照过我的人，今年让我笑的人，今年给我带来活力的人。"这三项 O 全部符合，我今年年底想送礼物给他。

一天。

富士山清晰可见。太阳一早便灿烂地照在我家门口道旁的樱花上，樱花全身被晒得暖融融的，到了下午便撑不住了，开始一片片地散落。四点，我们开始做出门的准备。两个人一边涂口红一边开心地说，能见到美空云雀本人，这种机会这辈子不会再有了。

《美空云雀 in TOKYO DOME 不死鸟翱翔！！朝着天空》[1]

我们买了每人一万元的票。据说美空云雀用一年时间克服了重病，她将一直在舞台上，用两个小时演绎三十九首歌。我想亲眼看一回日本第一的艺人。

东京巨蛋宛如紧急迫降的廉价宇宙飞船，在它的周围，来自近郊和附近乡下的大巴陆续抵达。从车上下来的人们排成队列，队前打着旗帜，和其他一个个坐电车来的人们会合，在巨蛋周围绕成蛇行。队列的螺旋越来越大。几乎都是大妈。引导员嘶哑着嗓子跑来跑去，我们原本按其指示排在 21 号口的队里，却在不知何时被卷进 20 号口的队，等到回过神，想要回到 21 号口的队伍时，我被那些穿过人生的风浪并且最恨虚伪和不正当的大妈们推搡到一边，H 则被她们踢了个大马趴，她为了不从石头台阶上滚下去，努力趴在地上，结果后背和屁股被大妈们一拥而上踩了过去。我和 H 都跟吞了墨

---

1 1988 年 4 月 11 日，美空云雀不顾身体状况召开的大型公演。那之后她的身体进一步虚弱，但仍然举行了全国巡演。美空云雀于 1989 年 6 月 24 日去世。

汁似的，内心一片漆黑。

七点开演，云雀小姐在天蓝色的照明中走了上来，她看起来只有一个巴掌那么大。但毕竟是云雀本人，没人抱怨。不久，云雀小姐稳稳地唱完了三十九首，最后，她静静地曳着红裙的裙裾，来到花道[1]上。一直出神地在脑海中跟着唱的大妈们此时眼神定在一个方向，起身拨开周围的人，踢翻椅子，朝着花道围拢过去，叫道，小云雀，看这边！云雀小姐的脸色苍白，仿佛一个在重体力劳动后死去的人，她把面孔转朝声音的方向，嫣然一笑。大妈们交口称赞道，她简直是透明的，透明的，真美啊。然后她们手拉手彼此确认道，真幸福啊，真幸福。接着她们往出口冲过去。

"演出结束后，请跟随工作人员的指引广播，按顺序离开座位。接下来是 C 区 A-3 B-3……"听着场内广播静静地坐着的，只有老夫妻和无法自由行动的病人们。

---

1 原意是歌舞伎舞台穿过观众席的通道。东京巨蛋设有长长的演出通道，一端伸进观众席。

有对老夫妻在飞舞的尘埃中茫然呆坐，拿出柏饼[1]吃了起来。我们也想起带了便当，打开纸包。

水道桥站满是人。车站附近的荞麦面馆、大阪烧和意面馆都挤满了从巨蛋返程的客人。我们一路寻觅有空位的店，一直走到了神保町。

"今天一上来就挨了大妈的拳头，完全没了精神。说什么女人是弱者，别开玩笑了。"

"可不能小看大妈。"

"我从来没有小看过，但这次真的尝到她们的厉害了。啊，真讨厌！我生来头一回被人踢。比起挨揍或者左右吃耳光，被踢要惨上好多倍。"

"我们算不上粉丝。为了看云雀，就算踩死人也要去……这才是真粉丝。"

听云雀小姐的歌的过程中，变得漆黑的心逐渐放晴，觉得即便挨了踢，来看也是好的。最后当她走上花道，心又变回了鼠灰色。今天花了两万元，本该是闪着金钱光泽的亮晶晶的一天。想要多少找补回来。我们决定走

1　赤豆馅的米粉类点心，不收口，夹馅后对折，外裹一片柏树叶。日本端午节的食物。日常也食用。

到九段，看过樱花再回家。

顺着昏暗的缓坡爬上去。混杂了气味的暖风从大鸟居[1]的那头吹来。酱汁的气味。番茄酱的气味。日本酒的气味。关东煮汤汁的气味。在樱树下席地而坐举行的宴会此时已大致告终，剩下一群懒得起身离去的人围坐在那儿。

"那家伙就是那样的……是那时候的事。"有人寥落地说着公司的事。公司职员不容易。拿着包穿着西装，下班后去赏花。把包挂在樱树枝上，怕包被人偷走，垫在屁股底下喝酒。有个男的在尚未打烊的小吃摊的电灯泡底下剥煮鸡蛋吃。赏花的一群人像是忽然想起来似的，无精打采地拍掌打了几下节拍，马上又停了。在离樱树有些距离的角落里，也有人没走，在地上对坐喝酒，那儿黑乎乎的，连对方的脸都看不清。唯有烟头红着。

公共厕所前有人的大便。我能理解在此方便的人的心情。有的厕所，在外面上好过在里面。但这个人感到不能随地方便，于是遵守礼貌，在紧挨着厕所的位置解决了。

1　神社入口建筑，形似牌坊，用来区分神域与人间。

一名金发外国男子躺在嵌了花瓣的沙地上。

十一点半，我们赏花结束。神社正面的大鸟居一片寂静，那底下只剩一个石头烤红薯的摊子，摊主频频朝我们招手。走近前，他说要送我们红薯。三十过半模样的摊主探头看我们提着的袋子，问道，里面是什么？是吃的吗？用红薯跟你们换吧？他说他从早上起，一整天只吃了红薯，想吃点别的。我把便当剩下的三明治和一个饭团递给他，他给了三只红薯。我们赶上了最后一班地铁。

一天。

去医院检查眼睛。午后的眼科候诊室满是老年人。有的拿出存折，用视力不好的眼睛端详。

穿和服的老妇人，由像是儿媳的人陪着。手艺人模样的老人。有个老婆婆每月两次花三个小时从大宫那边来这里，说是已经这样看了十六七年。

"眼睛是看不好的。越来越糟。我从战前就来这里看病。以前医生态度可差了。都不太跟人讲话。现在不同了。你听，能听见他在说话吧？以前可不像这样讲好多话。以前要付一大笔现金，请他看病。现在不同了。要减掉什么保险啦，老人折扣啦。医生如今可不容易。从早上就开始看病，吃个午饭，休息不到半个小时，马上又开始看下午的。

"你在老医生的年代来过吗？那会儿，医院的房子像小型的歌舞伎剧场。院长端坐着。现在的医院只有原来的一半大。院长会做五分钟左右的演讲，他说，像今天这样来一堆蠢笨病人的，还是头一遭。我们这些眼睛不好的人就呆呆地听着。要是说点什么，感觉就会挨骂。

"人要是生了病，病就会往眼睛走。我倒是只有眼睛不好，身体其他部分都健康。一开始是眼睛深处痛。痛得受不了。我难受得直捶榻榻米。那是从前。然后看东西变得模糊。对哦，从前我看到过模糊的景色来着。我都忘光了。已经完全看不见了。只能看到一片棕色。譬如座钟，我靠声音辨认，知道它在那边。习惯了。要是一下子看不见了，人会惊慌失措，如今对我来说是理所当然的。"

结束视力检查，已是黄昏。扩瞳的眼药水今天效果强极了。一来到外面，雨丝和水洼一齐忽闪忽闪地放出炫目的白色光斑。脚边的地面浮起来一截，看不清高低和转弯，糊成一片。我拦了辆出租车。

车过了御茶水桥，往骏河台下方驶去后不久，司机对我说："最近的年轻人真是不行。动不动就分手。他们应该好好听一下村田英雄的夫妻什么什么[1]（歌名。我记不清了，所以写成什么什么）。你知道吗？夫妻什么什么。"他把那首夫妇什么什么的第一节和第二节连续唱给我听。

唱完后，他说："说到底，不管是男的还是女的，一把年纪单身可不行。这样的人得不到别人的信任。"

"是哦，大概是这样。"我像个法庭上的被告，乖乖点头。我们家是离婚的女儿和丧偶的我两个人一起生活。

之后，司机对参与一档教育节目的女评论家和女名人品头论足道："××很厉害，相比之下，×× 不行，×× 看起来很风流。"那档节目讨论的是该不该给孩子钱（压岁钱或奖励）。司机的观点是，给孩子钱是堕落

---

1 演歌歌手村田英雄（1929—2002）的歌曲有《夫妇春秋》《夫妇酒》《夫妇舟》等。其中由市川昭介作曲、关泽新一作词的《夫妇春秋》在1967年发布，红极一时。

的源头，犯罪的源头。"你们家给吗？"

我那内向的丈夫做不到和孩子流利地沟通。当他想要表达"我很宠你"，就会突然想给孩子钱。对老婆也是，他一高兴一愉快，就想要给钱来表达。他让我们坐在餐桌的对面，他自己的动作和表情像个变魔术的，从信封缓缓摸出钞票，在我面前放一张，在女儿面前放一张，有时像为了让人着急般故意做思考状，然后又摸出一张，发牌一样递过来。我们满脸通红地把钱装进怀里。"谢谢爸爸。""谢谢孩子爸。"直到现在，我偶尔呆望笼了层薄云的辽阔天空，眼前还会浮现出他一张张轻轻放下钞票的餐桌。

……尽管如此，我像个法庭上的被告似的，无力地点头道："是哦，我们也不给孩子钱。"

下了表参道的坡，来到代代木公园和竞技场之间的路上，一直在讲话的司机闷闷地沉默下来。傍晚的小雨中，残留在树上的樱花是明亮的。双眼的晕眩差不多好了，窗外的景色舒展开来。在代代木八幡的十字路口等红灯的时候，司机"呜呜"地哭了起来。车向右转，樱花从神社的高墙内挤出来，形成桃色的隧道，他在这样的路上边开车边哭。他说，有些客人很糟糕。又说，这世道很糟。说存不下钱。就这样，开到目的地付钱的时候，他变成了一个软弱的人。

一天。

去原宿的图书馆还书，穿过代代木公园回家。太阳变成黄色，往雪松的那头缓慢地落下。黄色的光线流淌在整个草坪上。一只黑狗从远处的树林底下跑来，穿过草坪向我靠近，又朝反方向的树林那边跑去。它的耳朵上下动着，是只大狗，唯独四只脚的脚尖是白的，像穿了和服的白袜。我身后传来"啪嗒啪嗒"的脚步声，是H追了过来。H去大井町看了两部连映的南美电影，正在回家路上。一大群头部有两根竖线的中等体型的黑鸟落下来，散在草坪上，滑步走着，开始用喙啄地。正值土里的虫开始活动的季节。看来它们在啄虫子吃。杜鹃开得漫天漫地。全身挂满一串串白花的大刺槐树的近旁充满了煮豆子的气味。

H用异常拘谨严肃的口吻做了一段开场白。她说，迄今为止我读过的小说当中，最让我感动的是叫作《八月之光》的小说，那是美国人福克纳写的。

然后，她和我并肩走着，热烈地讲起了内容梗概：
"书中出现了牧师，圣诞节，女人，怀孕的女人，像神
一样的劳动者。据说，美国南部的那个镇子，由于气象
的缘故，在八月的某一刻，会被不可思议的光笼罩，便
成了小说的标题……"两只乌鸦发出古怪的叫声，在空
中纠缠在一起，它们落在树荫里，又重新飞上天，缠
作一团。H停住脚步，大声斥责乌鸦："吵死了，色情
狂！"接着她立即又回到《八月之光》的话题。她讲得
很细，所以我们在公园里走了两圈。

一天。

这里那里，到处是出游的人。电视上播放了人们出
行的盛况，于是我每天在家盯着电视看。

○ 在秩父，将一项重要文化财产、某某太鼓特别展
示给长假期间来此的游客们。然而那并非真品，而是把
重要文化财产的原件收在神社里，让人敲和真品一般无
二的太鼓，作为展示。

○ "日本莱茵[1]急流下行"的船上乘客严重超载，往下游开的过程中，看起来随时会翻船。

○ "每到夏天便想起……"[2]长着水芭蕉的湿地因为这首歌变得有名，架在湿地上方的桥上，人们的队伍也满得几乎要摔下去。都是人，看不到桥。

○ 阿尔卑斯[3]山顶最上面的岩石上，也有三十多个人攀附在那儿。

○ 有明海的泥滩赛跑，有几万人参加，就连外国人也浑身是泥。

○ 迪士尼乐园满员，停止入场。

○ 说到京都，当然是重新贴了金箔的金阁寺。胜过了所有的寺院。

○ 有许多人在长假当中钱不够了然后取钱，邮局的网络因此瘫痪。

---

1 日本莱茵，指的是从岐阜县美浓加茂市到爱知县犬山市的木曾川沿岸峡谷。因其风景与莱茵河景观相似，由地理学家志贺重昂命名。

2 《夏天的回忆》，1949年6月在NHK广播节目《广播歌谣》中播放了石井好子演唱的版本，从此成了名曲。尾濑的水芭蕉也因此出了名。水芭蕉的盛期是五六月。

3 日本阿尔卑斯，飞騨、木曾和赤石三个山脉的总称。

○ 广告节目，宣传现在去度假都来得及的不为人知的地点。

○ 有名女子在登山途中死去，人们大举出动搜寻尸体，然而在找到女子的尸体之前，先找到了另一个大叔的尸体。大叔的尸体此前没造成任何骚动，也没有人想到他。

○ 东京湾人工海岸。在海浪打过的沙滩的半中间，黏糊糊的位置，人们蹲在那儿吃纸盘里的炒面以及穿在筷子上的法兰克福香肠，睡眼惺忪地眺望水面。他们当中有拖家带口的，有看起来像是单身汉的中年男子。人人戴着帽子。

以上是全部。

这处人工海岸，我去过好几回，不过电视上出现的一些地方，就算按地图去，怎么都到不了——但不用就此多想，因为那些地方说不定去了会失望。

长假明天结束。黄昏，我出门去横滨看忧歌团[1]的演出。演出结束来到外面，是个有月亮的晚上。月亮的形状如同一瓣蒜。当我走下野毛町寥落无人的坡道，两个

1　日本的布鲁斯乐队，1975 年成立。

三十岁左右的魁梧男子靠着人行天桥，在吃香蕉。

"大哥，我好困好困……"

"你啊，已经五月了，那两匹马会跑得很带劲……"

我听见他们在聊这些。

一天。

好，现在吃早饭。我刚拿起筷子，H 说："我昨晚的梦有点意思。梦里有妈妈。你想听吗？"趁我不知道的时候溜出去，存在于别人头脑中的我，是怎样的呢。

我说："想听。"

"梦里似乎是外国。不知为什么，我在一间特别豪华的宾馆里，埴谷雄高和大冈升平不知为什么也在那儿。埴谷伯伯和大冈伯伯一直在嚷嚷。他们喊道，百合不见了。我毫不诧异地说：'那个人经常会自己去哪儿。一会儿就回来了。'可是埴谷伯伯和大冈伯伯闹个不停，一会儿说这样一会儿说那样，还争论要不要报警。尽管闹腾，他们的样子显得很兴奋。在这个过程中，似乎一个晚上过去了，到了第二天早上。当我意识到妈妈还没回来，心情突然就变得七上八下的。有一群人聚集在大厅里谈笑，感觉像是认识又像是不认识，于是我冲他们发了火，还刺了他们几句。填谷伯伯和大冈伯伯说要去找你，两个人一起匆匆忙忙地走了，然后他们就忘了这事，上哪儿玩去了。我'呜呜'地哭着，在宾馆里到处乱走，这时有个好像认识又好像不认识的人告诉我，'你妈妈找到了'。于是我出门去。在城市大楼之间当作垃圾场的空地上，妈妈蹲在垃圾中间，撕扯自己身上的衣服，又把像是脏棉花的东西摊开，挂起绳子。你成了一个流浪者，脑袋上顶着层叠的破布。我喊了你，你看看我，一脸陌生。你的脸上挂着一层浅笑，忙着摊开和撕扯。我好不容易把你带回来，途中回头望去，大楼和大楼之间，那边的天空中舞动着火苗。着火了。那景象如同电影一样美。醒来的时候，我满身是汗。"

"着火的时候，我怎么了？"

"你飞快地把你要紧的东西装进袋子，背在身上，一点也看不出刚才还是个流浪者。你一句话也不说，拨开人群打算逃走。"

该算是她讲了恭维的话，还是她做了孝顺的事？总之虽然是梦中的事，我不知怎的心情大好，提议道："我们今晚过母亲节吧？今年我不要吃小僧寿司，想去筑地吃寿司。"

黄昏，我和从工作地点出发的 H 约在歌舞伎座门口。今天是排练日，歌舞伎座的入口静悄悄的。在这里等人的都是女人。而且穿和服的老年人较多。虽然夕阳笼罩，远处却频频传来雷鸣，等人的老人们若无其事地抽着烟。

E 寿司已经满座。一对老夫妻打包了一盒铁火卷[1]，等他们提着打包盒起身，我们在吧台边坐下。榻榻米座席那边，透过玻璃门，可以眺望设有石灯笼和瀑布的中庭。榻榻米上，一场公司职员的聚会刚开始。他们一共六男二女。其中有人说，说白了那样的家伙就是傻瓜。说罢一群人大笑，满脸通红地吃着天妇罗和烤大虾。这家店的天妇罗也好吃。

我们一上来要了啤酒，然后是泽之鹤清酒。喝着酒，我说："星鳗。"我喜欢星鳗寿司。之后是：

---

1 一种细寿司卷，海苔裹醋饭，最里面是金枪鱼和芥末。其起源的说法不一，其中一种是，赌徒们聚赌处，气氛如烧红的铁，他们边赌边吃这种寿司卷。

① 金枪鱼赤身，鱿鱼。

② 金枪鱼中腹，赤贝。

③ 章鱼，然后再来一份星鳗。

④ 甜虾，平贝[1]。

⑤ 再来一份金枪鱼。鱿鱼。

⑥ 小肌[2]，蛋卷。

⑦ 海苔卷。

到②③为止，额头绑带子的捏寿司的小哥候着我们吃完，然后问，下面要什么。从④开始，他不再问了，其间用布擦一下砧板，或者忙其他的，直到我们点菜。那是因为，起初，我们不断用毛巾擦手，伸长脖子去看玻璃盒里的食材，双眼发光地点单，每当寿司放进嘴里，便一口吃下去，仿佛寿司自动滑进嘴里似的。但是从③开始，我们的眼睛就暗淡下来。

我们右边的客人是两人一道，看起来都过了五十岁，男的是个富态的大叔，像是中小企业里偏小的企业的老

1　牛角江珧蛤，俗称带子。

2　斑鰶，俗称油鱼。在寿司店，长4~5厘米的叫作新子，7~10厘米的叫作小肌。

板，或是某个町里最大的电器商行的店主；女的是个穿着金色马车图案的华丽衬衫的胖大妈。那两人明显不是夫妻，也不是寻常朋友。他们一直在给自己和对方倒酒。

大叔说："好。那就让他把这里的，从最右边到最左边，把所有品种按顺序全部做一遍？第一个是——比目鱼？"大妈点头说"嗯"。轮到金枪鱼，当大叔一口把中腹吞进嘴里，奔涌在他的四肢和全身的幸福感像是达到了顶点。他颤声叫道："真好吃！活着真好啊！"大妈说："我也觉得。"真好。真好。看着都开心。或许有时候，他们会从浅草乘东武铁路的快车去鬼怒川温泉等地玩儿吧。

我们左边的客人是两个年轻男人，看起来年长的那位说："先从口味清淡的开始，然后往味道浓郁的吃，这样才好。"

"嗯。毕竟难得吃一次寿司。"年轻的那人以慎重的态度答道。

甜虾，星鳗，金枪鱼，鱿鱼，章鱼，再来一份星鳗。我像狂风过境一样吃了下去。因为算是母亲节，H买的单。

我们走到了日比谷公园。在寿司店的时候似乎下过阵雨。夜空如洗，空中有一朵白云在移动。公园的绿色就像泼上了荧光涂料一般，只见在那绿色的深处，有个地方围着红白两色的围幕。那是在做什么呢？

一天。

（虽然是在电视上看到的，）最近，有一份职业让我感到惊讶——澡堂的扫烟囱人。

扫烟囱人在全身裹了好几层茭白的干叶子，爬到二十三米高的烟囱顶上，将自己的身体作为刷子，一边刮下烟囱内壁的煤灰，一边往下。一根烟囱耗时四十分钟。一根九千元。据说澡堂一年扫一次烟囱。扫烟囱人说，我想一天扫五根（？），不然不够过活。从一根烟囱扫落的煤灰有大垃圾袋三十袋。扫烟囱人是父子俩，他们泡在自己刚打扫过烟囱的澡堂的热水里，休整身体。父子俩一道干活。儿子担任刷子，父亲是助手。父亲帮年近四十的儿子冲洗背部。东京大概只有这对父子在干这个活儿了吧。大概因此，他们才能做下去。

父亲帮着把干茭白叶缠在身上做准备的同时，扫烟囱人简短又沉静地说，我们以前有过同行。还有个朋友，从烟囱里坠落，就此躺倒了，他一直在哭，说这里那里疼，好痛苦，他在两周后死了。

电视节目中出现了东京下町[1]各种各样的老资格手艺人。其中有些人经常上电视，以一副说教的口吻讲起了他的艺术理论。重要的是用心。还有个笔店老板一边扯着毛笔的笔尖一边说，这毛笔绝不会掉毛。那毛笔有着高雅的名字，看起来超级贵。

毛笔就算有点掉毛也不要紧吧？看到扫烟囱的父子，其他人显得黯淡无光。

其中有个能人以自豪的语气谈起他们手艺人的做派。"所谓的手艺人，就是收到别人的夸奖就高兴，不管做什么，都拼了命去做。"然而没有一个人称赞扫烟囱的成果。

1　从江户时代起，将东京地势较高的区域称为"山之手"，住在那里的多为武士，地势低的平民聚居区叫作"下町"，包括日本桥、京桥、神田、下谷、浅草等地。

一天。（去下部温泉）

　　火车在身延线[1]下部温泉站停车，几乎把座位坐满了的老太太们全部起身下车。她们慢吞吞地过了交道口，坐上等在那儿的旅馆接送巴士，一个不剩地走了。我和H被留在烈日下，一个晒得黝黑的小个子男人走过来说："二位住哪儿？源泉馆吗？那家是多人间。××旅馆怎么样？那儿可是武田信玄的隐秘温泉。要是住××，我马上让车来接。"他想给我们看宣传册，我拒绝了，沿着河，走上徐缓的坡道。完全没有荫蔽，路面干燥。只在远远的前方有个撑阳伞的女人在走着。没人游泳的泳池，耀眼的钴蓝色的水。好几条挂着万国旗的绳子松松地垂着。紫藤架挂着结了豆的豆荚。河边的芒草丛中有间小屋，油漆剥落的招牌上写着"赤裸天堂"，破损开裂的三合板门敞着，门外的草丛里放着坏掉的椅子和空啤酒箱。

　　我们走了半个多小时，抵达温泉街，旅馆夹杂着特产店，建得密密麻麻。有的旅馆是宾馆模样，有的是和

1　两头分别是静冈县富士市的富士站与山梨县甲府市的甲府站。

式，门口有枝干扭曲的松树。从这里再往前走，就只有浓绿陡急的山峦，层叠着挡住去路。此外就只有覆盖在山顶上的蓝天。每间旅馆的招牌都在自我宣传，元汤[1]、本汤、汤元、隐秘之汤等。我们纠结之后进了三层木构的本汤岩石温泉 D 馆。

女服务生走在前面，上台阶，走过长走廊，又上台阶穿走廊，然后经过一段交错嵌着石板和鹅卵石的走廊，带我们来到叫作"富士间"的房间。女服务生打开风扇，随即离开。我俩呆呆地坐在榻榻米客厅的正中央，继续拎着手提袋。榻榻米边缘的布料就像时代剧中的大人物的外套，金闪闪的。女服务生带着喝茶的器具、最中[2]和登记册来了。我慢条斯理地往登记册上写字。我想让女服务生（以及 H）感到我是个习惯旅行的人。女服务生走后，我们吃了最中。出乎意料的好吃。

从这里可以望见马路对面的旅馆铺着红毡的玄关和二楼的客房。空无一人的客房内，电风扇在壁龛里转

1　日语的"汤"指温泉。
2　一种和果子（日式点心），糯米粉做的两片脆皮夹着赤豆沙或其他口味的馅料。

动。上了年纪的男伙计用软管给进门处的植物和石板路洒水。他洒了好久好久，久得让人犯困，然后他提着桶，走下旅馆后方的石头台阶，下到河边，往桐树下的河里扔了个什么。偏西的阳光洒满了河岸，只在大石头之间有少许荫蔽，两只鸭子在阴处睡觉。洒完水的旅馆门口来了四名老年客人，有男有女，频频擦汗。他们脱了鞋，走上红毡，消失在里面。某处有电话在响。

H翻开游览指南，说道："这地方什么也没有。没有一个我想看的。哦，有一处牛石。我们要么去看牛石吧。"

离晚饭还有一会儿，我们到街上走走。路标上写着"经过熊野权现[1]，往展望台"。从旅馆之间穿出去，上了后山。地上有一只掉落的豆沙面包。蝉声不绝。在某间旅馆，小孩放声大哭。权现的神社是一座茅草屋顶的小小的神社，从正面对开的格子门往里看，里面黑乎乎的，什么也看不到。不光是神社四周的几扇木板门，就连功德箱、格子门、神社背后和侧面的板条墙上，到处用圆

---

1 又叫熊野神，指的是熊野三山及其分支神社所供奉的神，共十二尊。熊野三山是熊野本宫大社、熊野速玉大社和熊野那智大社。

珠笔写满了字——

○ 岩田五助。请早些治好我的左手。

○ 早日痊愈，没有后遗症—K. H

○ 希望亲戚朋友都健康。

○ 希望我能受女孩们欢迎。

○ 我的两条腿痛。拜托了，请让我彻底痊愈。

○ 希望咳嗽停止。

○ 希望颈椎痊愈。

○ 希望阿希和哥哥能好好地走到结婚那一步。

○ 希望我的牙齿好起来。

○ 希望我的小拇指痊愈。

○ 希望我生来就有的病能好。

○ 请治好妈妈的面部神经痛。

○ 希望我的听障腰痛贫血心脏脊椎都能好。

原来这里是主掌痊愈的神明。右手边照不到太阳的昏暗角落里有间小屋，挂着"腋杖奉置所"的牌子，里面交错着堆满了拐杖、和腋下接触的部分缠绕着白皮革的腋杖、木头或皮革做的义足，以及草履[1]等。来这里泡温泉治好了的人们把不再使用的工具拿来供奉。神社里似乎有好多棵樟树，一股樟脑味儿。

河对面好像是热闹的街道。过河去看。河滩上，阳光变弱了，月见草开起了花。多功能健康浴场（招牌上写着冲浪按摩汤、泡沫汤、蒸箱[2]、步行浴）。烤肠杂店。一家叫"山女鱼理发"的理发店。天花板垂挂着塑料花的酒馆。穿着凉拖鞋的旅馆女服务生从旅馆玄关跑出来，向拉车卖菜的小贩买了一大串香蕉。

特产店炫目的照明下堆放着水晶摆件、信玄达摩、点心和年糕，屋檐下吊着"风林火山"[3]的旗子和钥匙扣等。店门口都没有客人，只在其中一间店跟前，有个大妈停了下来。穿着旅馆单衣的大妈拿起竹匾等货品，仔细打量，最后没买，迈着梦游者般的步子往旅馆的方向回去了。

1　与木屐的区别是没有齿，更轻便，鞋底有皮制也有木制，和脚的接触面用了类似榻榻米的材质。

2　蒸箱和桑拿不同，仅能容纳一人坐在里面，脑袋露在外面，箱内蒸汽温度在四十五度左右，无法忍受桑拿的人也可以使用。

3　武田信玄的军旗，上有"疾如风，徐如林，侵掠如火，不动如山"。

"虽然没什么想买的，来到温泉什么都不买好无聊。"H这么说着，买了一个带有贝壳和假花的、长得像江之岛纪念品的笔筒，还有碳酸仙贝[1]。这间店的橱窗里，和水晶原石、能面具等物件一起，还有个红玛瑙雕刻的男性性器官摆件，我不小心看到了，于是努力不看那个方向。要是往那边看，会被当成奇怪的人。如果我喝了酒，就会不当回事，一直盯着看吧。

店铺老板娘说："这里没啥可看的。往上面走一点，有老房子。"

"那个牛石在哪里？"

"不晓得。有那种东西吗？"

天色开始转暗的时候，有个像是对面旅馆厨师的年轻小伙下到河边，跳着走过河里的石头，去喂鸭子。之后，他搬来一块块大石头，堵住河流的一处，给鸭子们圈了个洗澡的地方。

晚饭。汤。毛豆，贝壳和螃蟹。炸比目鱼块。烤鱼。玉子豆腐和抹茶荞麦面。大桃（光是一味地甜，像面包

---

1 原料之一是碳酸温泉水。

一样的桃）。

去泡岩石温泉。浴场宛如微暗的洞窟。淋浴处的石头地面有的地方因为水垢滑溜溜的，有的地方则粗糙不平。淋浴处的中央有两个长方形池子。一边的池子并排泡着五男一女，只有脑袋露在外面。是男女混浴。我们正在不知所措，池子里有个男人扬声说道："先去泡热的，再泡温的。"他微微转动下巴，示意最里面，稍微高出一截的岩石上还有个池子。我们先在那个热池子里泡过，正打算把脚探进没人的另一个池子时，旁边池里传来另一个男人的声音："那边水冷。这边是温的，泡这边好。"于是，我们战战兢兢地进了浮着六个脑袋的池子。我吃了一惊。并不是温水，而是凉水。我不知道这是泡凉水。

"别晃。请悠——着进来。出去的时候也一样，悠——着出去，别晃。水要是晃动，会从旁边的人的头顶渗进去。"其中一个大叔说道。

"两位大姐，你们从哪儿来的？"

"我们从河口湖坐了大巴，翻过本栖湖旁的山，在甲斐常叶站换乘身延线，在下部站下车，漫无目的地乱走，来到桥畔，遇见这间旅馆，就进来了。感觉比起元汤，叫本汤的温泉更好。"我这样回答。

其中一人夸道："你来这家来对了。"

"这家就算预约，也很难约到想要的日期。你们偶然来的，居然有房。选这里选对了。运气真好。这里的温泉是最好的。有的人因为订不到房间，住在其他旅馆，每天花一千元来泡这里的温泉。我原先住在源泉馆，然后搬到了这里。你们居然住进来了。像我之前还被拒绝过，明明有房间，他们说不接待没有预约的客人。你们真是好运气。天气好，旅馆好，你们运气真好。"

他们一个接一个地说了同样的话，运气真好，运气真好。有人问我，你哪里有问题，我答道，我哪儿都没问题，大家都笑了。我说我们住一晚，明天就走了，他们笑了。我说我很少来温泉，他们又笑了。看起来，他们长期待在这里，相互聊天已经聊厌了。他们迎来我们两个新人，有了活力。听说他们每个人都有某处疼痛不适。听说他们每次泡一个小时，一直泡着。

有个二十多岁的小哥在我的右腿边舒展着腿，听说他烧伤后做了手术，接着又因为交通事故受了伤，所以来这里。他每天泡六次，每次一小时。

"早上六点泡的时候会睡着。他们说我打呼噜来着。冬天可冷了。不过泡一个小时就暖和过来了。骨折得用热水暖着才行。"

等小哥的话音刚落，在我的左腿边舒展着腿的大叔先讲了他的伤，说他站在人字梯上正消毒呢，摔下来，骨折了。接着他只转动眼睛，示意我看最边上的那个人。

"那个人看起来几岁？"

"四十五朝上？"

众人对望一眼，满意地笑了。

"他七十岁。一天喝三升这里的矿泉水，一天泡六次。厉害吧？"

人们说"厉害吧"的那个人，用两条绿色和钴蓝色毛巾严实地裹住面部，只露出鼻孔和嘴，他仰头泡在池子里，连后脑勺也泡在水里。大叔解释道，矿泉会渗透到毛巾里，所以等于脸也泡在水里，矿泉的效果都在脸上，脸也年轻，老温泉客果然不一样。

我一点也不钦佩，心想，就算这样做了显年轻，身体好……一天六次，每次泡一个小时，喝三升温泉，一年到头就在做这些，就算变得年轻，也没有任何意义啊。但我没把这话说出口。优点是显年轻的老人从毛巾里拨出一只耳朵，看起来正在听大家夸自己。

一个皮肤白皙、脖子丰满的老妇人在富士宫市当书法老师，她说自己常年坐着，所以腿脚不好。她说，关节韧带造成损伤就晚了，要在还没形成损伤之前来这里泡。另一个大叔是厚木市专门给屋顶铺瓦片的工人，说是从屋顶上掉了下来。他们没有一个是在公司上班的。如果公司职员像这样长期泡温泉治疗，会被公司开除吧。

"这里是温泉治疗场，所以没什么可游览的，就算团客到来，也不会喝酒吵吵。喝了酒泡这里的温泉，酒马上醒了。"

我明白"赤裸天堂"为什么破败了。我想，遭遇交通事故的人不会想要撑着腋杖去看脱衣舞。

众人轮流说着话，死死地守着我们。每当他们察觉到我们想要离开池子，便会有人劝阻道，难得来到这里，得泡一个小时。他们众口一词。我感到起身不太好，终究持续泡了一个小时。

"请明天早上六点来。等着你们。机会难得，请再泡一回再走。"

两只鸭子白天躲在河滩岩石的荫蔽处睡觉，河岸彻底变暗了，它们来到河滩的正中央，流水的边上，两只紧挨在一起，望着山的方向。"鸭子们好幸福啊。"H从自动贩卖机买了杯装的大关清酒，一边不停地喝，一边说道。

打开电视，三波春夫正在唱歌，据说这首歌是送给养育遗留日本孤儿的中国养父母的：

　一心祈祷着孩子的幸福

　中国的尊敬的妈妈哟

　觉得再也见不到了……

我先是钦佩地想，三波春夫唱了感谢中国妈妈的歌，了不起，结果一听，原来歌词是这样的。中国的养父母若是听了这首歌，大概会为之愤慨吧，觉得不要擅自替我们决定。而且这首歌和三波春夫擅长的赤穗义士寻仇的歌，那首中间有一段踢着雪唱"当当当当"的，旋律差不多。

夜深了，河水的声音听得愈加分明。要入睡时，我看向河滩，旅馆的灯和霓虹几乎都熄灭了，河滩的黑暗变得清凉，黑暗中，鸭子显得格外精神饱满。不知是不是我的视力的关系，仿佛它们的身子也变大了一圈，在宛如深处泛光的白色背景中，清清楚楚的，两只并排在那儿。

一天。（去下部温泉　续）

我醒了。感觉身体像在铁制的石膏里。脸和脑袋像戴了铁面具。我似乎做了一连串的梦，但没有一个好梦。说是噩梦吧，更像是无聊的梦。

"刚才卖豆腐的吹着喇叭经过。"H和我一样仰面躺着，从被窝里说道。她说她的屁股痒得不行。是不是因为我们根本没病却一下子泡了一个小时冷水（据说最初只能泡二十分钟左右），导致潜伏在体内的不好的东西像泡沫一样浮现出来呢？我是不是脑袋有问题，H则是屁股有问题？

我重新环顾房间。水墨山水挂轴。宛如公主用品的漆绘风格但其实像是塑料做的盒子，宛如公主用品的漆绘风格但其实像是塑料做的电话桌。钱箱造型的烟灰缸。

我以为今天会是个阴天，七点半左右，一道楔形光线从挡住东面天空的山顶上朝着河流落下，接着，楔形的光散成好几道，太阳出现在山顶。转眼间，周围的山上沐浴着阳光。山上远处，一只蝉叫了起来，接着，两只、三只蝉叫了起来，随即变成了骤雨般的蝉鸣。对面旅馆门口的树上，也有一只蝉开始叫。我今天早上发现，河边的桐树上，沉甸甸的大叶子的顶上，结着成串的坚硬果实。

打开电视，电视里说，木材涨价了。还说，山梨县在整个日本经济最差。（就在最近的电视新闻里，另一个男人说，山梨县的经济增长率连续三年日本第一。）

早饭。豆腐味噌汤、纳豆、海苔、生鸡蛋、烤开片竹荚鱼、高汤浸菜、花蛤佃煮。

等回程车的时候，我们站在桥上看鸭子。只住一晚，有点恋恋不舍。但如果住两晚，感觉会厌倦。

"野鸭，很肥吧？"有个旅馆女服务生模样的人过来搭话。

"那不是家养的鸭子？"

"是野鸭。很快就要被吃掉了。"

下部站候车室的墙上贴着爱好俳句的当地人写的纸片。"町长颂木喰[1]，梅花香。"这句阿谀奉承的俳句最有意思。

当我们回到甲斐常叶站，往富士吉田的巴士已经来了。每天一趟下行车，一趟上行车。上午从富士吉田发车，经过河口湖，中午抵达，看来车一直等在这儿，直到上行车四点多发车的时间。驾驶座上放着帽子，司机看来到哪儿休息去了。站前的空地上开着向日葵和百日草，竖着书法教室、石材店和印刷厂的广告牌，其中还混了一枚带地图的"木喰上人诞生地"立牌。

铁轨边散落着沾满铁锈的肉桂色石头，群山紧挨着铁轨，山脚下四处长着一动不动的竹丛。木料厂的机器声，偶尔响起的鸡叫声。从某户人家传来轻微的电视或收音机的歌声。阳光正盛的路上不见行人。

1　木喰（1718—1810），江户时代后期的行脚僧、佛像雕刻师、歌人。木喰五十六岁起在全日本行脚，北至北海道，南至鹿儿岛，留下了他雕刻的佛像。木喰制作的佛像逐渐被人遗忘，直到1924年，柳宗悦在山梨县邂逅木喰佛像作品，进行收集，带动了乡土史家们对木喰的研究。

等发车的时间，我们走进一家挂着"日之出食堂"
布帘的店，吃了晚午饭。店里没有客人，沾满油垢的电
风扇转动时发出卡住的声音。看起来像东南亚旅游纪念
品的大象摆件。从三合板门的厕所传来除臭剂的气味。
墙上贴着舞伎的海报和夏威夷旅行的海报，还贴着菜品
名（肉盖饭、凉面、拉面、鸡肉鸡蛋盖饭、鸡蛋洋葱盖
饭、咖喱饭、肠杂饭、炒蔬菜饭、酒），我们正在打量，
老板娘走过来说："今天只能做两个，这个和这个。"我
要了拉面，三百五，H 要了凉面，四百五。

一个年轻人拎着扁扁的包，悄然进店，在靠近洗碗
池的位置坐了，翻开本子写了什么，说道，五千元是吧。
他开了发票，递给老板娘。老板娘对他说："喏，吃了
再走。"她递过凉面的盘子，在洗碗池洗着东西，大声
对男人说话。今天孩子他爸去我们家那块三角形的田里
种了萝卜和其他菜，今年我们在沙地上种了西瓜，种了
五棵苗，结了四个，不怎么甜。说话间，好多个碗碟垮
下来摔碎了，一声巨响。

巴士的乘客有我们和一个老太。临近发车，差不多
十个幼儿园小孩被老师送来上了车。他们在车里跑来跑

去，书包上缀着的铃铛叮当作响。他们不断换座位，不好好坐着。有孩子摔倒了在哭，有孩子哑着嗓子咳嗽，他们让整个空气都喧闹起来。老师刚一走，司机就不耐烦地骂道："别闹了，坐好！""再闹就把你扔河里去！""挖个洞埋了！"

路面干燥，路的一侧绵延着桑树林、毛豆田和蚕豆田，车停了若干次，幼儿园孩子们三三两两地下车。停车的地方站着来接孩子的戴草帽的母亲，还有撑着黑伞的老人。老太在过了木喰桥的公交车站下车后，载着我们俩的巴士一路不停，驶入群山间的道路，蛇行着不断上山。从甲斐常叶到河口湖，两个小时，一千六百五十元。昨天从这条路下山的时候，车上除了我们，还有一个老人。

"山连着山呢。"

"像这种景色，如果是斋藤茂吉[1]那样的人，会立即把'山连着山'咏成和歌吧。"

1　斋藤茂吉（1882—1953），歌人，精神科医生。创作力旺盛，一生发表了十七册歌集。其长子斋藤茂太是散文家、精神科医生，次子北杜夫是小说家、散文家和精神科医生。

巴士的速度降下来的时候，紧贴着车窗一路开放的紫色葛花从敞开的窗传来好闻的味道。

车穿过翻山口的本栖中之仓隧道，骤然停下。司机转过来，用嘶哑的声音大声说了什么。我竖起耳朵一听，他在说："五千元钞票背后的富士山就是从这里拍的照。怎么样，这可是日本第一的景色。"我们赶紧从钱包拿出五千元纸钞摊开，赞叹道："真的！一模一样。"

在本栖湖入口，两个男孩上车。在精进湖民宿入口，两个男孩下车，一个女孩和一个小贩模样的男人上车。女孩在山田宾馆前下车，小贩模样的男人在绿之度假村下车，又有四个五十多岁的大妈和一个大叔上车。看起来是到度假村的旅馆打工的。他们大声聊着天。洗东西很辛苦吧？都是木头餐盒，不辛苦。也要洗红酒杯呀。好过带孙子。带孩子太累了，以前带自己的孩子的时候就不喜欢。他们还在嚷嚷着明天是早班还是晚班。在"编织教室前"那一站，他们都下车了。只剩下我俩。

"你们到底要去哪里？"出隧道那会儿难得心情变好的司机好像又烦躁起来。我们战战兢兢道："再过几站，到河口湖。"

一天。（富士北麓）

我在湖畔的五金店买了油漆、刷子、劳动手套和割草的镰刀。我问老板娘，以前常坐在这儿（账台）的漂亮的奶奶还好吗。她说，老人去年夏天走了。二十多年前，我们刚盖好山里的小屋那会儿，在这家店陆续一点点买齐了锯子、斧子、砍刀、锄头等山间生活所必需的工具。这家的奶奶有着歌舞伎女形[1]般的五官，总是端正地穿着棉布和服，她负责看店，教了我们怎么保养刀具，怎么选磨刀石，怎么买钉子，怎么播种玉米和豇豆。如今背着孙子坐在账台里的老板娘，那会儿是个年轻的儿媳，背着刚出生不久的婴儿干活，给店门口洒水什么的。

"请等一下。"老板娘说完消失在店堂后面，拿了三根玉米出来。她说，是现摘的，虽然看着不像。这三根是新品种，今年第一次种。附近还没有人种这个品种呢。蒸了特别好吃，请尝尝。说着，她用报纸包了递过来。

1　歌舞伎的年轻女性角色，虽由男演员扮演，通过化妆和姿态达到雍容或清丽的美。

我买的劳动手套叫作胜星牌（星星里面有个'胜'字）防滑胶粒手套。五个手指肚（指纹的部分）上贴着黄色的塑胶粒，就像猫的脚掌。据说这手套不滑，用起来不累，透气性超群，柔软好用，而且耐用程度是过去的手套的好几倍。

丈夫活着的时候，还没有这种手套。只有手掌部分厚厚地涂满了橡胶或塑胶的款式。如果他还活着，该很是赞叹吧。而且如果我赞叹晚了，或是不吭声，他就会死死地盯着我说，可别小看这手套啊。他一定会。

每年八月半，接近旧历盂兰盆节的时候，山居内外就会异常地出现一大群看起来湿乎乎的大苍蝇。丈夫把两只苍蝇拍放在座位右边，每天用。（至于为什么会有两个，是因为有些聪明的苍蝇会停在苍蝇拍上，很难打到，所以需要另一只拍子。）每当他对着稿纸绞尽脑汁时，便拿起苍蝇拍仔细打量，把它的柔软度、形状、大小、轻盈，一样样夸过来，然后睨着我说："听好了，你可别小看苍蝇拍！"明明我对苍蝇拍没有任何想法。

对鲷鱼烧也同样。他咬一口，把表面和馅看了又看，冲着我以严峻的口吻说道："可别小看鲷鱼烧。"

"我又没小看。今后也不会。"尽管我这样回答，他仍然一脸怀疑地久久地盯着我。

一天。（富士北麓）

上午，A 来帮忙修厕所的水箱和漏水的洗脸池。他说，住我们那儿的客人今天早上全都去登富士山了，要修就趁现在。这两处可能因为冬天结冰的关系，每年都出问题，今年入夏时我刚拜托管理处修过。A 正在修的时候，我想上厕所，过去一看，他正把零件一样样拆开，我想这会儿没法用，便到院子里，藏在粗壮的赤松的树荫下解决了。阿球跟了过来，一脸沉思地观看了整个过程，我站起身，刚挪开穿着塑胶拖鞋的脚，它就忙着往我方便过的地方盖土。之后，我在餐厅的桌前写了一会儿字，A 提着工具箱，步履蹒跚地从厕所出来了。他说自己长时间蹲着用力拧这个紧那个，起身的时候一阵晕眩。

"洗脸池的龙头没装垫片。为什么会犯那种错误啊？我是不懂之前做事的人怎么想的。我干了几十年技术活，一次也没犯过那种错误……"A 半是自夸，半是讲别人的坏话，正说个不停，他的视线忽然停在我的手边。

"咦，太太，你在写书吗，不容易啊。那是太太的书？好漂亮。"说着，他的双眼倏然一亮。我吃了一惊，慢吞吞地说，我没出书啊，你为什么这么说？[1]

A眼中的光仿佛在说——

"你明明出了书，为什么不给我？给我一本多好呀。说到书，大冈升平老师真是个和善的好人。我帮他家修了热水器和门，他就送了他的书给我，《一个补充兵的……》。"

他浑身洋溢着这种氛围。接着，他像是按捺不住，伸手去摸稿纸边缘当镇纸摆着的速食咖喱的包装纸盒，然后失望道："什么啊，这原来不是书。"咖喱纸盒是个亮面橙色盒子，上面画着金色的埃及风格的马，其大小和厚度正好是一册精装书，所以他搞错了。

"我今天傍晚下山。坐去新宿的末班大巴回东京，明天参加完葬礼，再坐往河口湖的末班大巴回来。我把猫留在家里。"我告诉他。

1　此时武田百合子的《富士日记》已出版。

他的表情变得遗憾又充满疑问，仿佛在说，难得我辛辛苦苦帮你修好了厕所。作为证据，我给他看了从管理处那儿拿来的《山梨日日新闻》（第一版、第八版和第十二版都登了深泽死去的报道[1]）。

"哦，深泽七郎，写《楢山节考》[2]那个。"他点头道，"这个人总写些奇怪的小说，小说里尽是些颤悠悠的老人家，是他吧？"

A今年七十五或者七十六，听口吻，他不喜欢《楢山节考》。他仍然带着遗憾又充满疑问的表情，于是我解释道，在武田的守灵夜，深泽当时是个病人，腿肿得走不了路，却在车上备了尿瓶和水桶，从埼玉坐车，路上在车上小便，花了很长的时间，深夜抵达。所以，我也必须下山去祭奠他。

"既然如此，正好我有事要去山下，我用车送你。

---

1 深泽七郎于1987年8月18日去世。

2 深泽七郎四十二岁时的处女作小说，获第一届中央公论新人奖，武田泰淳是评委之一。小说讲述在贫穷的信州山村，老人们到了一定的年纪，有的出于自愿，有的则是被子女强制送往山中等死。该作品多次被影视化。书名的"节考"读作"bushi-kou"，意为对旋律的考证。此处A将其误读作"sekkou"。

三点半，我在上面大门那里按喇叭。别叫出租车了，浪费。明天既然你定好要坐末班车，我去河口湖车站接你。"说完，他扭头面向院子那边草丛的方向，以愤慨的口吻说了句"好可怜"，便走了。

翌日。（富士北麓）

我乘坐新宿发车的末班车，傍晚七点四十五分抵达河口湖站前。刚下车，只见帮A做事的老人（他只在盛夏最忙的时候来公司宿舍给A当助手）站在车站门前的正当中，不断向我鞠躬。这个人的鞠躬姿势，隔得老远就能认出来。他的双臂一直到指尖伸得笔直，紧贴在身体的两侧，立正站好，上半身往前倒。从前的海军军人就这样鞠躬。A立正站在离老人十米左右的位置，冲我招手。

A说："再过四五天，有个少年棒球队，四十个人，要来住。他们想借一个能训练的操场，所以我下来和湖畔的民宿商量，租用他们的网球场。我不是特意下来的，反正要办事，顺便接你。正好。"帮忙的老人问："东京热吗？"

和东京比，感觉这里空气寒冷。从五合目¹到山顶，富士山上的小屋的灯火和登山客的照明灯，全都清晰可见。

　　葬礼全部结束了吗？有多少人去？那家的房子大吗？写《楢山节考》那人有孩子吗？我们正前方的富士山如同剪了个三角形黑纸贴上去的，A朝着上山的方向踩下油门，把车开得飞快，同时不断发问。我在大门口下车，把今天坐大巴前在新宿买的一卷雀寿司²和一卷青花鱼寿司递过去，说道，请今天之内吃掉。A口中称"是"，用双手接了，和帮忙的老人并排鞠了个躬。我深深地鞠了躬。

　　我用手电照着，跑着穿过院子的下坡，泡了热茶，吃了雀寿司，又吃了三色鸡肉饭³（这也是在新宿买的），甜纳豆，一串葡萄，然后坐那儿发呆。

　　今天一整天酷热。我在叫久喜的车站下车，搭乘出

1　日本人将富士山的高度分为十合，登山者一般从半山腰的五合目往上登。

2　黄鲷鱼开片后用醋轻腌，卷上醋饭，整形成圆柱体。吃的时候切块。下文的青花鱼寿司也是类似的做法。

3　棕色炖鸡肉糜、黄色炒蛋和绿色蔬菜（荷兰豆或菠菜）。

租车。我只在十几年前来过一回。依稀记得有条河，深泽家是河边仓库模样的房子。我循着记忆找路，出租车在炎热白昼的商店街和热风吹拂的稻田间兜来转去。迷了好久的路，来到一座小桥前。只见桥那边的河堤上站着四五个黑衣男女，他们有的撑着伞，有的把手帕顶在头上。司机停车道："是这里吧？"

在深泽家，告别仪式已经结束了，人们正要出发去火葬场。院子里的泥骤然间被众多的人踩过，变得凹凸不平。我踩过泥地，绕到客厅。棺材被搬到了靠近屋檐的明亮的位置，几个穿着丧服的男女，看起来是亲属，正边哭边把大串的巨峰葡萄放入棺材。

我在院内树木的荫蔽下拜了拜，混在大门附近三五成群的送行人当中。

玛丽莲·梦露死的那年，所以是三十多年前[1]的事了。梦露死的时候是盛夏，我们在信州深山的温泉旅馆读到登有讣告的报纸。入秋，回到东京的家，深泽飘然而至。当时他因为小说《风流梦谭》被右翼找碴，居无定所。

1 玛丽莲·梦露死于1962年8月5日，和深泽的葬礼相隔二十五年。

一个月有那么一两次，他兴之所至，从某处来到我们家。

"玛丽莲·梦露死了。那个人的胳膊真美。在照片里偶然瞅见一眼胳膊，我都吃了一惊。马上就认出那是梦露。和其他女人的胳膊不太一样。不过，美女还是在美丽的时候死了的好。像碧姬·芭铎，她要是活到老太太的年纪，可真让人失望。梦露死的时候，我想到，所谓活着，就是听到别人的死讯。"

丈夫说，叫鳗鱼饭来，大家一起吃吧。可深泽说他不想吃。他这个也说不吃，那个也说不用，光是喝了好几杯茶，边喝边讲了关于梦露的话，还聊到最近打算写的小说的梗概。我记得是关于淫乱大名的故事。然后在临走时，他和每次要离开时一样，抱起吉他，用沙哑的嗓音唱《楢山节》，也和每次唱的时候一样，中间肯定会错个三次左右，每当弹错，他就认真地重弹，像个盲人那样伸着脖子唱歌：

爸爸，你来看，
枯木重又枝叶繁茂，
你别走，哎哟……

爱哭的丈夫抿着啤酒，和每次听这歌时一样，眼泪鼻涕直流。深泽送了我们两张唱片（一张是《汉克·威廉姆斯[1]金曲》，我记得另一张是电影《非洲之星》的主题曲），飘然回了某处。

我以为，人的临终，就和搬家一个样。那边窗台上的木眼[2]，移门门框上的木眼，还有从那边的窗户望见的邻居家的木板墙，是和这些肉眼可见的事物告别。（深泽七郎《流转记》）

像农田一样的院子。树木、泥土、石块、木板，还有扔在地上的铁锹和洒水壶。栅栏对面杂乱的景色。我飞快地把这一切看了一圈，像点眼药水那样将其收进眼底，然后回来了。

---

1 汉克·威廉姆斯（Hank Williams，1923—1953），美国歌手，乡村音乐历史上最重要的人物之一。
2 木材截面上天然生成的眼状花纹。

一天。

今天早上我去上厕所，阿球依旧没跟过来。它只有昨天今天两天没来。以前只要听到我起床去方便的动静，它就会过来，凑到门和柱子的边角上蹭耳根和嘴角，喵喵叫着向我打招呼："大妈早上好——我也很好。你在做什么？哦，在上厕所呀。"可今天，它窝在 H 的房间，它睡觉用的垫了毛巾的箱子里，光是发出清澈纤细的叫声。

以前，它只要听到开合冰箱门的声音、撕开纸袋的声音、拧龙头的声音，一听到这些和饮食相关的声音，它就以呼吸所能允许的最大限度久久地叫唤着，从某处飘然而至。"你们在吃什么？让我看看。"它也不肯落后地吃了，然后吧唧吧唧喝水。

如今，它光是躺在箱子里，不甚清晰地"喵"一声，吐出失去血色的薄薄的舌尖。

"我听见了。我听见了。大妈，你们在吃东西吧？我想去看，可是走不动，只能舔舔嘴巴。为什么呀？到底怎么了？我动不了。"

H给三双皮鞋（阿球最喜欢的东西）洒满了木天蓼[1]的粉末，把它们排列在阿球的卧床周围。然而阿球已经不要玩了。它连看也不看。

"天皇被照顾得那么好，身体还是会变得衰弱。阿球可是比天皇还老。它一百岁了。"

"不，阿球还能好起来。它一定会没事的。"傍晚，H出门了。

大约六点左右，代代木公园的森林的上空垂下如同黑色碎布的云，大滴的雨落下来，像一道屏风。电视上说，雷雨云正不断地聚拢过来。晚饭我吃了炒面。八点左右，雨小了，电闪雷鸣却没有停歇。

阿球床上的毛巾尿湿了，我给它换了，它仿佛很惬意似的微微睁眼环顾四周，然后又闭上眼。我往它的嘴里倒了一点儿水，过了好一阵，它依旧闭着眼，"咕咚"咽下去。它的脸看起来比傍晚瘦了些。

我泡澡的时候依然在打雷。雷声的间隙，好像忽然听见阿球有精神地大声叫唤，我湿漉漉地光着身子跳出

1　中文叫葛枣猕猴桃。其粉末作为宠物用品出售。

浴缸，跑过去，只见它稳稳地把四条白腿蜷在一起，伸着脖子，在睡。我重新回浴缸泡澡，泡完再去看，它维持着和刚才一样的姿势，没了呼吸。

——阿球是 H 在一个秋天的大清早从银座的后巷里捡回来的，是只三花母猫。它那时很小，顽皮起来跳到正在播放的唱片上，被唱片带着转。丈夫查看了它的四肢，说道，要是一直惯着它，这家伙会长成一只巨猫[1]。我模仿母猫，一口叼住小猫的后颈，我在走廊上走来走去，让它挂在胸前。丈夫沉思着盯视我，羡慕道："你的牙可真结实啊。"他没几颗牙了。等阿球长大了不少，只要我衔着它，它仍然会咕噜咕噜地表示开心。于是叼着猫走成了猫和我的才艺，我们总是那样到处走。因此，我现在是龅牙。

和阿球一起生活，过了十九年多，我们人类这边发生了好些事，又归于平静，出了事，平静下来，有人走了，有人来，这样的事很多。每次出事，人类就张皇骚动，而阿球一次都没生过病。"给我吃的"，"给我好

1　日本自古有巨猫的传说，类似狐仙。

吃的",它以平常心过着每一天。按人类的年龄算,它一百岁了。比我大好多岁的阿球,有时候走着走着忽然停下,就那样一动不动地对着墙壁。这种情形变多了。我敲开特别的鸡蛋,叫作"YODO蛋·光"的,给蛋黄加糖,拿去喂它。"喂,你没事吧?要长寿啊。"终于,我对阿球讲了无论是对别人还是对自己都没说过的话。之前秒变成剥制标本的阿球复苏了,用歌舞伎子役的声音回应道:"是——"……

我吃着香蕉,一下子想起这只猫来到我家之后的许许多多的事,边吃边哭。

一天。(翌日)

一大早,H和我穿了掺杂黑色的衣服,出门去多摩的猫狗供养寺J院。H抱着铺了毛巾的纸箱,阿球躺在里面。是H捡来的猫,所以她有这个资格。

僧人念完《般若心经》,我们在休息室等着轮到阿球火化,此时,来了一对扛着装了狗的电视机纸盒的男女,还有一对老夫妇,其中一人单手托着装了小鸟的盒子,他们哭得双目红肿,快步进了山门。休息室的桌上放着装有茶水的热水瓶、茶杯、点心钵。钵里的点心堆成了小山，带签语的品川卷¹、虾仙贝和糖果。挂在墙上的比丘尼彩照，某某奖状。写着和歌的小纸片，似乎是那位比丘尼的作品。"欲止而不停，日月流水和人的性命。"前院葫芦形水池中设置的小瀑布的水声。一个穿凉鞋的陪酒女模样的女人不断地喷吐着烟圈，不停地对像是和她一道来的两个女人说着，爱犬临终时多么了不起，兽医有多笨。

到了完成火化的时间，我们穿过墓地，去火葬场。比人的墓碑小巧的墓石上刻着的文字。"我的爱，安眠吧""××家饲猫之墓""致以真心""我爱的你们""世间人情薄如纸，一颗真心守护我的爱犬""幽冥虽不同界，你活在我心中""爱马笹波号白山号之墓""我爱的你们的墓""×家顽皮号之墓""哥儿安息"……其中当然有猫狗，还有兔子、乌鸦、金鱼、乌龟。名叫"万年"的乌龟。墓碑上到处是"爱"字。人们只要来到这里，就毫不畏怯地任意吐露心声，不再顾及左右，挺好的。

1　一种仙贝（米制膨化食品）。手指粗细，约一寸长，外裹海苔。

"我以前欺负它，它真可怜啊。"洪亮的女声传来。一个肥胖如相扑力士、商铺老板娘模样的女人不断用毛巾擦着脸，哭着穿过墓地。像是她儿子的青年抱着盒子跟随着。在墓地外围，火葬场一侧的树荫下，刚来了一辆载着大箱子的手推车。箱子足以让一个大个子男人蹲在里面，从箱子的缝隙探出天蓝色缎带的一角和茂盛的黑毛。我心想，是大猩猩吗。

火化之后的阿球装在一只白铁皮大盆里，像博物馆里的古代动物的模型。我们围着大盆，和负责火葬的大叔三个人一起捡骨。

"是只大猫啊。骨骼又大又完整，所以猫骨灰盒看起来不够装，我换成了狗的。你看，这是脊椎。尾巴也长，很气派。一直到尖尖上都不打弯。天生的是一方面，你们一定很注意给它吃什么。充分地给它喂了钙质。我都看得出来。你看，连这片骨头也烧剩下了。"大叔用骨灰筷示意长长的尾骨末梢如赤豆大小的骨头。

"你看，犬齿也在。它几岁？十九？十九岁还有犬齿，真厉害。十九岁的猫很少见，人的话就超过百岁了。我们这里一年也只烧个两三次。"

"这是什么？"

"头盖骨。"

"这个翘起来的是什么骨头？"

"肋骨。肋骨也一根一根地很清楚吧？真漂亮。这是胫骨。这只猫胫骨很长。腿这么长的猫很少见。腿长且不说，烧完后整副骨骼完完整整的，真帅啊。我太喜欢了。最近有好多被主人过度爱护的猫狗，看起来又肥又大，但骨头瘦得很。那样的猫狗烧完后，有的人还会产生怀疑，抱怨说，我家的应该有更多的骨头才对，是不是被你们扔了一半。真让人不痛快。最近，给鸟喂的都是综合饲料，所以比起挑食的猫狗，鸟的骨头反而更完整。我刚烧了一只八哥。那只八哥的骨头也大，没想到。"

"好，这是喉骨。"说着，大叔把骨头夹起来，放在最上面，盖上圆形白瓷盖，用铁丝绕起来捆成十字。

"来这里的人，不管死去的动物活了多久，都认为是早逝。是寿命到了。没办法。"

我正要走，又回头道："大叔，你还夸了它的骨头，谢谢。"我又鞠了一躬。大叔来到外面有阳光的地方，举手遮挡，挤出一脸的笑纹。

"我从早到晚都像这样搞火化。友引[1]日也搞火化。可忙了。"

之后在正殿请了十句《观音经》，到家时两点多。全部的供养费用是四万八千元。

* * *

好像是去年，O 在深夜打来电话，一上来就以带泪的声音说："我家那只猫，承蒙你诸多关照［我不记得照顾过它，不过 O 这么说］，刚刚死了。"接着他满怀怨恨、绵绵不绝地讲了猫死去的经过，说他知道犯人是谁，是附近一只有病的黑猫传染的。

"我该怎么办呀？我想把它做成剥制标本。要多少钱？贵吗？"他半疯狂半正常地号啕大哭。于是，我在半夜翻开电话簿，找了家剥制标本行询问。剥制标本行似乎深夜还在工作，立即有人接起电话，细致地告诉

---

1 六曜，又称孔明六曜星、小六壬，是中国传统历法中的一种注文，用以标示每日的凶吉。后来传至日本，并于当地流行，在中国则日渐式微。版本于历代有所转变，现时的版本分为先胜、友引、先负、佛灭、大安、赤口六种。其中友引"不宜丧葬"，一些丧葬从业者在这天休息。佛教不涉六曜，所以有些宗派如净土真宗并不避讳在友引日举办葬礼。

我，如果要做剥制标本，需要马上做哪些措施。我记得对方当时说："我们的定价是带底座四万五千元。其他家更贵。"

要安抚饲主在这种时候的心情，让他们安心，感到能做的都做了，不管是做剥制标本还是火化，金额差不多在五万左右[1]。既不过于廉价，也不过于昂贵，差不多正合适的金额。而且，连骨头都得到了称赞——

一天。

雨天。电视上轮番播放天皇的身体状况和铃木大地在汉城奥运会拿到第一名[2]的事。

宫内厅的医生发言："目前的状况，并非不用担心，但也并非处于危机。"其说法让人云里雾里，又很慎重。

孩子他爸（我丈夫）生病的时候，医生随口就说了非常失礼的话。怎么说的来着……哦，想起来了。那个

---

1 二十世纪八十年代末、九十年代初，日本大学毕业生的月薪约为15~18万日元。

2 1988年9月24日，铃木大地在汉城奥运会取得仰泳百米金牌，这是日本游泳队时隔十六年再获金牌。

花花公子模样的值班医生在半夜过来，分明地说道，情况不妙啊。他的声音大到孩子他爸都能听见。

电视上说，天皇问，今年的稻子收成如何。不愧是学过帝王学的人物，重病在床，还能流畅地讲出这样的话。天皇还问及院子里的植物，侍从说，请稍候，然后去查看了十五分钟左右，才做了回答。

一天。

我们接了一份工作，到佐渡岛住三天两晚，H 拍照，我写文章，为此来了佐渡。今天早上五点半离开家，从上野到新潟，又从新潟坐船抵达佐渡两津港，是在正午。坐上十二点半发车的观光巴士（大佐渡天际线[1]行程），参观了金山和其他名胜古迹，一直到太阳下山。此刻，我们在佐和田町海岸的旅馆。据说天皇也来这间旅馆住过。我们之前提过，两个晚上，想要一晚住特别好的旅馆，一晚住特别普通的旅馆，于是公司订了这家。晚饭有十道菜，此外还有啤酒、菠萝和蜜瓜。无论是壁龛、

---

1 从金井到相川，全长三十公里的景观道路。

矮桌，还是照明、坐垫，这种氛围，该怎么说呢，像是安土桃山风格吧。女服务生离开后，我们环顾四周，为这份极度的豪华绚烂而相顾笑了起来。因为开心才笑。笑着吃了饭。三天两夜的住宿餐饮交通费由公司出。我们还是第一次接到这样的工作。之后，我们进了豪华的厕所，笑一笑，看到豪华的壁龛，笑一笑，笑个不停，这样一直到入睡。

一天。（在佐渡的第二天）

醒来时六点半。晴。H已经起来了，端坐在阳光房的椅子上，肃然望着早上平静的海。

"得好好看一下，不然白来了。"

上午和下午，我们参观了名胜古迹。然后叫了出租车去小木町。下山时，天色暗下来。车以几乎一头扎进小平房的架势停下。司机说："就这里。"下车后，从海上吹来的风很冷。门口拴着一只杂种大白狗，我摸了摸它，狗的脑袋暖暖的。

我们吃了晚饭，在最东面的房间坐进被炉，点起煤油暖炉，看电视。电视扔一百元开六十分钟。六十分钟一到，唰地关了。除了我们，住客只有一个看起来老实的年轻男人。那个男人泡完澡仍然穿着西装打着领带，在账台买了一瓶啤酒，说道："大妈，明天请七点喊我。"

H说："这里的狗好像叫Soku。我听到他们喊它'小Soku，小Soku'。佐渡什么也没有，狗倒是很可爱。"无论在佐和田还是相川，镇上都有好多狗。

Soku写作"一双两双"的"双"吗？还是写作"一束两束"的"束"？或是"速"？"即"[1]？不管哪个写法，都是个像日本狗的好名字。

一天。（佐渡第三天）

早饭，炖香菇，惊人地难吃。H说，等出租车的时候，我和小Soku玩儿吧。说完她便出去了。我好像感冒了。我一直待在被炉里。"我被小Soku咬了。"H扶着裹了纱布和创可贴的左手，脚步蹒跚地回来了。

出租车来了，我们坐到宿根木海岸。H四处拍照，然后坐在岸边关着卷帘门的餐厅门口的向阳地上，吃了

---

1 以上几种写法都读作soku。

路上买的豆腐皮寿司。一个人也没有。唯独刚才在水渠盘绕如同迷宫的路上遇见过一个送报纸的婆婆。一只白猫拖着右后腿过来了，喵喵叫道："给点什么吧。给点什么吃的吧。"我把剩下的豆腐皮寿司给了它，它狼吞虎咽地吃了，又叫道："还要！""如果这个你也吃的话——"说着，我把豆沙馅的点心给它看。它叫道："我吃吃看。"给了它一个。它吃了。又给了第二个。吃。第三个没吃完，它转过身，全部吐了。然后拖着腿走了。

在前往两津港的车里，H 的左手肿了起来，像个紫红色的球。

"你知道小 Soku 的本名吗？据说叫苏格拉底。"H 看着她自己的手，那模样仿佛在打量鬼手似的。

一天。

我在佐渡患上的感冒愈发严重。每天头痛恶心，食欲全无。H 则早晚兢兢业业地给手上如同钉子眼的伤口消毒，撒上黄色药粉。无论是看见温泉的广告还是餐饮店的广告，我都无动于衷。晚上，在深夜新闻得知草野心平[1]去世了。

　　一天。

　　我把游览佐渡的稿子和照片交给K。K给了我大福[2]和黄身时雨[3]。我的体力逐渐恢复了。我发现，吃年糕和馄饨有助于恢复体力。此外还有干瓢卷[4]。

　　一天。

　　今年年末送礼的宣传语是"以平常心相赠"。那么，以平常心相赠的是怎样的东西呢？第一名是海苔，第二名是茶叶，第三名是食用油，第四名是羊羹。据说送香草茶是错的。

　　我反省自身——想要送和别人不一样的东西，讨人欢心，或是让对方觉得自己有品位——赠送年末礼品时

1　草野心平（1903—1988），诗人。曾留学中国岭南大学（现在的中山大学），其间读到宫泽贤治的《春天与阿修罗》，受到震撼，开始诗歌创作。1950年获第一届读卖文学奖。
2　赤豆馅年糕团。
3　白芸豆做成豆沙，加上蛋黄和粉类，便是"黄身"。用黄身做皮，包上赤豆馅，则是黄身时雨。
4　海苔细卷的一种。寿司醋饭包上瓠瓜咸菜，外裹海苔，然后切成段。

必须抛弃这样的想法。我去看了《脑髓地狱》[1]，饱览了枝雀[2]怪诞的演技，回了家。

* * *

天皇的身体状况不佳，便血1000cc，又输血1000cc来恢复。最近，电视上开始用图表简明地展示他的血压脉搏体温。

一天。

上午，我从外面回到家，留言电话的灯在闪烁。"我是埴谷。打电话是因为大冈，你如果已经知道，就不用回电了。"我立即给埴谷打了电话。

"喂，我一点也不知道大冈的情况，怎么了？"

于是埴谷告诉我："大冈进了ICU，今天是第三天了。"

之后，过了若干天，埴谷打来电话。"喂，大冈死

---

1 原著为梦野久作（1889—1936）的代表作，被誉为日本侦探小说三大奇书之一。由松本俊夫导演的电影于1988年上映。
2 二代目桂枝雀（1939—1999），落语家。在电影《脑髓地狱》饰演正木博士。

了。真遗憾。"[1]

晚上七点过后，我和 H 往大冈家去。

一天。

大冈秘密下葬的日子。两点过后，我从西边储藏室的窗户望见，阳光微弱的西面天空中，一道淡淡的烟从狼谷（幡之谷的火葬场）的烟囱升起，微微变作茶色，然后一下子笔直地蹿上高空，接着往北边横着散去。

大年夜。

正要出门购物，K 社来了汇款通知，是游览佐渡的稿费（H 的摄影费）。

是今年最后的好消息。意想不到的大数目。我立即觉得小 Soku 很可爱，是只好狗。

元旦。

待在家里。

1　大冈升平于 1988 年 12 月 25 日去世，终年七十九岁。与他同年出生的埴谷于 1997 年去世。

一月二日。

待在家里。

不时地看一会儿十二小时电视连续剧《大忠臣藏》[1]。入夜后，没有别的节目可看，于是继续看《大忠臣藏》。

忠臣藏故事中，有几个我喜欢的场景：内匠头被吉良骗了，就他一个人穿着普通的长裃[2]礼服登上江户城，见到同僚们乌帽子直垂[3]的大礼服打扮，他吃了一惊，泫然欲泣地从长长的走廊跑回去；整个江户的榻榻米工匠聚集起来，彻夜更换了浅野宅邸的榻榻米；穿女装的清水一角[4]出现在吉良宅邸的桥上，走来走去；志士们

1　1989年1月2日由东京电视台首播，原作为森村诚一的《忠臣藏》。忠臣藏故事的蓝本是元禄年间的赤穗事件。1701年4月，赤穗藩主浅野长矩（内匠头）在江户城用刀砍伤高家旗本吉良义央，事发原因不明，事后，将军德川纲吉震怒，命令浅野切腹自杀。浅野家臣不满，1703年1月，在大石内藏助的率领下，四十七人闯入吉良宅邸，杀死吉良。之后，四十六人主动上报幕府，受命自杀。1748年，歌舞伎《假名手本忠臣藏》在大阪上演，从此忠臣藏的故事广为流传。

2　由肩衣和裙裤构成，内穿小袖和服。时代剧中最为常见的武士装束。

3　乌帽子是涂了黑漆的纸帽。直垂是将军和大名在江户城内的殿上礼服，将军着紫色，嗣子着红色，下摆曳地。

4　清水一学，赤穗四十七志士之一。歌舞伎写作"清水一角"。电视剧中以原名出现。

离开吉良宅邸后，各自遇到熟人。我已经熟得不用再看了，但只要电视上放，就会看。不过今天这部剧太长了。接下来一段时间都不想看和忠臣藏有关的剧了。

一月三日。

今天也待在家里。

晴。两艘飞艇一直飘着，直到黄昏。H回来了，说道，在涩谷站内，有个老人喝醉了，在地上趴成一个大字。看样子是出来拜年的，穿着像样的衣服。

天皇的身体情况愈加恶化。丸正事件的某人，那个被判了无期徒刑的，过年假释出狱，在他的支持者家中吃橘子噎死了[1]。

1　1955年，静冈县三岛市丸正运输公司的女老板被杀。大一卡车公司的卡车司机李得贤及其助手铃木一男被捕，分别被判无期和十五年监禁。二人上诉未成，辩护方提出被害人的亲属是真凶，结果辩护律师被判诬陷罪。1974年，铃木一男刑满释放。1977年，李得贤假释出狱（此处作者的记述有误，并非过年假释）。两人要求重审案件，未被受理。1989年1月2日，李得贤去世。1992年，铃木一男去世。

一天。

天皇于凌晨六点左右驾崩[1]。

我睁眼醒来，四面八方静得出奇。我在被窝里一动不动地想，是不是突发性听障又发作了（一年前有过一次，醒来后发作）？这时，拉门开了条缝，H说："妈，天皇好像去世了。电视上的氛围看着像。"

电视上一整天在播天皇驾崩节目，白背景，白菊花，上电视的人都身着黑衣。晚上十二点过后，有几个频道总算出现了穿普通服装、和平时一样讲话的人。《昭和与我》。山本夏彦[2]和山本七平。

只有三频道在放《三百六十五天菜肴·裹面衣炸鲑鱼红薯丝》《将棋讲座》《毛衣编织方法》等。

1　1989年1月7日。

2　山本夏彦（1915—2002），随笔作家，编辑。山本七平（1921—1991），评论家，山本书店（一家圣经学出版社）创始人，曾以Isaiah Ben-Dasan为笔名出版了《日本人与犹太人》等书。

追悼 纪念大冈升平

——昭和五十九年[1]，富士北麓的夏天

一天。

下午，我去管理处，远远地就看见大冈坐在管理处屋檐下的树桩上。他握着竖在地上的手杖，望着网球场的方向。

他说："你来得正好。和我一起去我们家。我有东西给你看。"他想给我看什么呢？是刀锷之类的吗？这样想着，我跟了过去。

等我进了客厅，大冈立即打开对着院子的玻璃门，以无比愤懑的口吻说道："你看这里的土下去了多少！我都不想再续约了！"他说的是土地租借合同。他家的院子原本就朝着河谷倾斜，如今房子旁边凹下去一块。这一带靠近富士山的一合目，土地由火山岩和火山沙构成，所以地形时刻会发生少许崩塌，也是无可奈何的，然而大冈家的情况有点严重。

---

1 1984年。大冈去世前四年。

"要是今年不用水泥造一条排水渠，地板底下的土也会流失，所以我刚才去管理处投诉了。"

"是吗？那你好好投诉了吗？"大冈夫人用托盘端着杯子和冰桶，有点讶异和好笑地说道，大冈便沉默了。

"他刚才在看网球场，那样子可不像是刚投诉来着。"

"一定是这样。出门的时候气势汹汹的，结果说不出口。"夫人笑了笑，回了厨房。

大冈冲着夫人的背影命令道："听好了，今年一定要让他们弄一下。"紧接着大声强调："今年！！"他维持着那份气势转向我，"我想把我们家从这个位置切开。"他仿佛用刀砍下去似的，指向客厅地板的正中央。

今天我没喝啤酒，喝了威士忌。还在他们家吃了用大碗装的刚做好的西式炖牛肉。大冈像是忽然想起来，拿了一张明信片过来，说道："你知道这个吗？因为我是代表战争结束的男人啊[1]。"

---

1 1944年，原本在川崎重工业工作的大冈升平被征召入伍，作为译电员被派至菲律宾。1945年1月，在岛上患上疟疾、处于昏睡状态的大冈被美军俘虏，在战俘营待到12月回国。这段经历成为他的第一部小说集《俘虏记》的素材。1948年出版的《俘虏记》翌年获横光利一奖，奠定了大冈升平的文坛地位。

那是一张 NHK 教育电视台的导览明信片，写着八月十四日、十五日、十六日连续三天，播放大冈的特辑节目。我说，我家的电视机只有山梨台，看不了。大冈说："你家电视机好简洁啊。"大冈家的电视机据说能看到 NHK 还有教育台。他说，因为中意 NHK 天气预报的大叔，所以只有天气预报看 NHK 的。那个大叔如果前一天的预报不准，就一脸抱歉的表情，用低微的声音说话。

十四日的第一部《出征》，夫人也上了节目，据说拍了她回答一系列问题的过程。

"我完全不记得那时的事……不可思议啊。特别折腾，我整个人慌了神，这些是记得的。我就记得，（为了在品川站送他出征）我从神户出发，坐火车经过大船观音菩萨[1]的时候，正好天暗了下来，观音菩萨看着可怕。之后的事，我全都忘了……这个人批评我，你总是什么都不记得。还有，前一天我没赶上火车，可着急了。之所以误了前一天的火车，是因为那时候正好改了时刻

1　大船观音寺是曹洞宗寺庙，从火车上可望见的巨型观音像始建于1929 年，1934 年因战争一度中断建造，战后继续修建，1960 年完工。

表，下午的时间改成了十三点十四点，所以我搞错了傍晚乘车的时间。毕竟我从来没到过京都以西的地方，却要去品川那么远。那时候，女人很少一个人去远处。"

一天。

东京三十四度。据说热带夜[1]会持续一阵。傍晚，对面溪边公司宿舍的管理员A过来帮我修电视天线，NHK和教育台都能看了。A带来一个说是在宿舍住宿的中年女人。那个像是当了多年文员的女人稀奇地环顾屋内和院子，问道，你一个人住在这里不寂寞吗。A走后，她仍旧坐在餐厅的椅子上，不愿起身。

四周暗下来的时候，大冈夫人过来唤我。"大冈问你，要不要来我们家看电视。"我家没有电话，所以每次要传话，都是夫人往下走十多分钟过来。那个女人回去后，我吃了面包和汤当作晚饭，然后到大冈家，推开玄关门，只见大冈坐在餐厅从天花板吊下来的明亮的灯下，他扬起白皙有光泽的面孔，说道："埴谷刚打来电

1　日本气象厅用语，从黄昏到翌日凌晨的最低气温在二十五度以上。

话，说他在看电视。"

位于成城[1]的大冈家的绿色庭院映在画面上。电视上的大冈边说着什么边走路。大冈小声问我："像不像加里·库珀？"我点了头。出现了海和船的景色，画外音朗读作品。大冈喃喃道："好厉害。""我说了不得了的话呢。"他在害羞。接着转到了品川码头的往事，画面上是当时的照片，大冈不停地咳嗽，大声咽口水，擤鼻子。

大冈夫妻和采访的女人谈话的场面。夫人静静地说了这些话：

> 我正打算哄孩子睡，一个嗓音古怪的男人进了屋。是大冈回来了。我光顾着吃惊。那之前，我请人给他算了命。当时，付钱人家不给算，要拿大米之类的去才行。算命的人说，大冈的模样变了。我想，那就是不在人世了。有些和他年龄相近的亲戚们被征召，还有信来，大冈完全没了音信。所以，

---

1 东京都世田谷区。1980—1986 年，大冈升平在《文学界》连载《成城来信》，除了日常记录，更充满对外界各种流行话题的关心，是作家进入老境后仍保有旺盛生命力的创作。

看到他，我的感觉不是高兴，而是吃了一惊。我记得，我想烧水给他洗澡，去生火的时候，全身开始颤抖。

节目结束的时候，我一个人鼓了掌。鼓掌的时候，感觉想哭，为了掩饰，就更加用力地鼓掌。电话立即响了。节目播完后有两个电话进来。一个是大冈家的长子贞一打来的。

大冈一边往我的杯里倒啤酒，一边说："今天是孩子妈的节目，明天和后天的就不是了。"

他说，今天坐大巴下到富士吉田，在伊藤洋华堂买了一千九百五十元的散步鞋。

"我想要件好睡衣。上次我去探望生病的医生，他穿的是这里有刺绣〔说着，大冈以手掌抚胸〕，还有金线镶边的睡衣呢。医生有钱。"

"你不也有件好的吗？白底带黑点的。"

"那件不好。"

"武田是个嫌买新衣服麻烦的人，却只有那年变了样。从山上回去，他在夏末一口气定做了三件西装。然后还没等到试缝，他就死了。"

"买睡衣就不会有事。"

"对，西装的话，最多订两件，我想也不会有事。"

一天。

醒来的时候，蝉在鸣叫。盂兰盆节的长假，木匠和樵夫都不进山。今天是日本战败纪念日。

晚上七点半去大冈家。有只淡绿色的胖飞蛾趴在玄关的走廊灯上，不时扇动翅膀，落下粉末。大冈正在看棒球比赛。

"今天看了傍晚的重播，我讲到孩子妈的那段，催泪啊。昨天的节目有催泪的场面，今天的没有⋯⋯哦，好像有一处。"

战场到了关键的时刻，每个人的灵魂都袒露出来，我坦白了许多事，那些事甚至没对孩子妈讲过。有战友说，自己有偷窃癖。有人说，我是我爸睡了女佣生下的孩子。战后，我去了明多洛岛，在那里，美国兵挖的单兵战壕和日本兵挖的单兵战壕，都原样留存着……

电视上的大冈说到这里，接着说"还有大炮"，随即语塞，只见他的眼镜深处的眼里满是泪。此时，和我面对面坐着看电视的大冈的眼里也满含着泪。今天的采访者是中野孝次[1]。节目结束后，和昨晚一样，我一个人鼓了掌。

"咦，我感觉我讲的比这要多。那一段对话有点怪啊。是我没讲到吗？还是放到明天播？要是让懂的人看了，会有点问题。"

我没搞懂是哪一段话。我看下来觉得挺好的——年长的和年轻的小说家认真地交谈。

今晚也在节目结束后立即来了电话。是姓进藤的战友的遗孀打来的。"哎，伊藤，进藤……"今天的第二集当中朗读了大冈呼唤战友名字的诗[2]。是诗中被呼唤的人的妻子打来的。对方在电话里说，儿子现在超过了他

---

1 中野孝次（1925—2004），作家，德国文学研究家，评论家。
2 1958年新潮社出版的《作家的日记》中，有一首长达十二页的诗。以呼唤战友开始，表达了反战的思想。

父亲战死的年纪，四十六岁。进藤夫人的电话结束后，另一个战友打来了。此人昨天也打来过。他说，自己昨天从公司赶回家看电视，所以是从家里打来，今天还在公司，于是在公司看电视，又从那边打了电话。

然后，大冈主动给住在富士吉田的叫作K的人打了电话。K也是参军去了莱特岛的人。K似乎在电话里答道："我看了，看了。"

大冈放下电话，有些焦虑。"他就在那儿反复嚷嚷着说看过了，其他什么也没讲，而且他也没有打电话给我，那家伙是不是在生气啊？因为上次我只喊了O，没有喊他。"然后他说"这样吧"，突然订了一个计划，说要在十七日请K和我去吉田郊外的餐馆吃饭。

"那儿有家专门吃鲤鱼的店，从山上引水，池塘里游着鲤鱼。菜都是鲤鱼。"

虽然完全找不出自己受到款待的资格或理由，不过我开心地说："好的，不管吃什么，我都去。"

大冈夫人说，昨晚半夜醒来，特别冷，吃了一惊。盂兰盆节后的八月十六日，人人都开车回东京，路上堵，所以住在这边的很多人提前一天，今天先回了东京。昨晚，高原黑得像墨汁流淌过一般，到处亮着灯，仿佛点着方形灯笼似的，还传来烟火的声响和人们的笑声，今天连邻居的灯都没亮。

他们给了我一盒水蜜桃。大冈说："明天的节目是我和孙子孙女玩儿。"

我回家洗了两个水蜜桃吃了，然后睡觉。

一天。

太阳在西面逐渐下沉，我百无聊赖地坐在餐厅的椅子上，阳光从松树间笔直地射向我的脸。这时，蝉一齐叫了起来。西面的群山黑黑的，如同剪纸。我起身关了木板套窗，吃晚饭。拿上手电，去大冈家。

"晚上好。我又来了。"

"哦，我已经看厌了。第三天的不想看了。看到第二天就够了。"

第三集的采访者仍然是中野孝次。在战地站岗时，周围是菲律宾宏大的火烧云。大冈说，那时他随意给中原中也[1]的诗配了调子，喃喃地念唱。一名男歌手唱了大冈作曲的中原的诗。"山丘们／举手按在胸前／后退。[2]"

大冈和三个孙辈，晶子、阿初还有阿茜，一起玩耍。三个孩子和大冈都有些害羞，玩得不顺利。年纪最大的晶子带着两个小的，努力地想要配合。晶子还说了台词。她对着电子琴催促大冈："爷爷你也弹。"大冈说："爷爷不会。"他俩都在害羞，所以显得笨拙。这段特别好。晶子养的狗在旁边跑来跑去。

片尾是三个在院子里玩儿的孩子的身影，以及大冈缓缓谈论反对核武器的画外音。

快结束的时候，来了电话，是晶子打来的。她说自己一个人在家，刚才在看爷爷的节目。看着看着忽然感到寂寞，就想打电话了。

我今天也一个人鼓了掌。

"我猜到会是这样的结尾。NHK的套路。"大冈说。

"今天这集，你嗓子哑了，有些地方听不清你说什

1　中原中也（1907—1937），诗人。三十岁死于急性脑膜炎，留下超过三百五十首诗歌和兰波诗歌译作。

2　《夕照》，收录于中原中也二十七岁出版的处女作诗集《山羊之歌》。

么。他们来拍了好几回，你一定是累了。"夫人说。埴谷打来电话说，看了节目。

大冈的战友的遗孀在电话里说，您的气色很好，看着很精神。大冈一脸认真地问我，气色好吗，真的吗。我仔细端详他的脸，答道："我觉得比去年夏天要好。"

"是吗……应该是吧。这么多东西不让吃。要是这样脸色还不好，就太傻了……虽然你们夸我脸色好……哎，我已经没什么乐趣，今年一整年就写堺事件[1]吧。"

我准备回去的时候，电视的天气预报说，台风十号来到了南方。当我关上玄关门，听见大冈大声对夫人说："台风过后就会凉快下来。"

今天白天的天空晴成了深蓝色。天空就那样变成了晴朗的夜空。从五合目一直到山顶，富士山上的小屋的灯光全部清晰可见。还能看见在山间攀爬的登山者的灯光，连成了一道火绳。今年的盂兰盆节结束了。

---

1 庆应四年二月十五日（1868 年 3 月 8 日），在大阪堺港，土佐藩藩士攻击法国水兵的事件。此事造成十一名法国士兵死亡，事后，法国要求十五万美金赔款，并对二十名藩士判死刑。最终十一人切腹自杀，九人存活。大冈升平据此创作小说《堺港攘夷始末》，于 1989 年出版。

一天。

昨天和今天都心神不定。我竭力稳住心绪，坐了半日，低头专注于缝纫，忽然听见一阵声音，像是浴缸的水烧过了头，或是炖菜放在煤气灶上煮干了的声音，不，与其说是声音，该说是动静。我吃了一惊，起身去看，并没有在用火。

之前没留意，不知何时窗外下起了雨，似乎还在刮风，人家与人家之间森森的大树，有些树被房子遮住了，都在晃着身子，摇晃着。对面住了户外国人，他家的鸡咯咯咕咕地叫着。这家的鸡有个癖性，一吹强风就叫，只要吹风，深夜它也会叫。

我们以前住的赤坂的公寓位于神社背后的山崖下。丈夫的工作间在崖下，神主的鸡棚在顶上，两者隔着片树林相对。丈夫白天睡觉，人们睡下了安静了，他开始工作。深夜，他起床开灯。房间亮成一个方形。紧接着，悬崖上的鸡大概误以为天亮了，开始咯咯咯地高声报晓，在仿佛墨汁流过的暗夜，鸡叫声不断地响着。每每如此。

"我感觉就像自己干了坏事被发现了，窘得很。我在方格稿纸上填字，一页一页地写小说，就像一张一张地做假钞啊。"说着，丈夫吃吃地笑了。

　　傍晚，我去附近买东西。经过警察岗亭的时候，门锁着，挂着"巡逻中"的牌子。因为巡警不在周围，我便透过玻璃窗仔细看了犯人的通缉传单。也贴着女人S的传单。

　　——S在东京杀了一个人，远走高飞到北关东，立即进了一家小酒吧陪酒，工作两天后请假，去了东京，做整形手术把自己变成了美女，改名换姓，又回到北关东，在其他小酒吧陪酒，当地一家糕团点心店的店主喜欢上她，和她同居，她去了他的点心店工作。自从S来了之后，店里增加了时髦的西式点心，客人变多了，眼看着生意兴隆起来，店铺也扩张了。店主迷恋S，多次提出想正式结婚，他家的亲戚也一致赞同，说她是个旺夫的女人。然而S没答应。警察找到这边的时候，S正把PTA订的一大批点心送到会场，为宴会做准备。她立即察觉不妙，向别人借了两万元，没动店里一分一毫，把一切留在身后逃走了。

　　这一事件被报道，并附上她整形前后的两张照片，是将近一年前的事。看起来S尚未被捕。她过着怎样的生活呢？也许正在让另一个男人的点心店生意兴隆。我隔着玻璃窗说了声"请加油！"，回了家。

　　一天。

　　两三天前的天气预报说，A、B、C、D 四组云团包围了日本列岛，这四组云都在向日本列岛进发，这样下去的话，明天的大葬日[1]说不定会是早上有雪之后转雨。

　　正值大葬日，今天早上的新闻发表了昭和天皇御制的四首和歌。

　　秋中国事付东宫，或可稍休憩

　　国民来探望，间有外国人，心喜之

　　药师处方增，我身安宁，思彼之劳

　　去岁卧病及此时，护士勤看护

　　我看不懂写得好还是不好。不过，是从容的和歌。

　　雨。一整天都很冷。我坐在被炉里，看电视上的大

1　昭和天皇的葬礼，于 1989 年 2 月 24 日举行。

葬节目。不好意思的是，我有点累，中间打了几个盹。列席葬礼的各国元首出现的时候，我赶紧醒来，仔细地看。从非洲沙漠尽头的小国来的人，从喜马拉雅的山谷或是海洋的离岛来的人，不论哪个国家的人都比我国首相[1]有范儿。差别在哪里呢？是目光。

神主们从里面拿了三个方形包裹（那里面究竟放着什么呢，用布包着，布的表面是茶褐底白色缠枝纹，内面是没有花纹的青绿色）出来，拿到那儿，拿到这儿，拜完之后，又拿来拿去的，如此做了两回。就只看到这些。

天皇驾崩后，电视上还播放了在宫中举行的叫作"剑玺等承继仪"（由皇太子继承作为皇位象征的剑玺）的仪式。要做些什么呢？草薙剑、八尺琼勾玉[2]究竟是怎样的东西呢？我这样想着看了电视，只见一个穿燕尾服的人（？）捧着盒子模样的东西，从右手边走来，将盒子模样的东西放在皇太子面前的台上，鞠了个躬，然

---

1 此时的日本首相是竹下登（1924—2000）。
2 日本皇室的三神器：八咫镜，天丛云剑（草薙剑），八尺琼勾玉。其传世过程中不允许人们看到神器，连历代天皇也不例外。

后将盒子转了个个儿，重新捧起来，从左手边退场。就是这样简单的仪式。我因此一怔。今天的葬礼也很简素，让我一怔。去年夏天看的非洲电影是从前的故事，王位继承者流浪之后有各种遭遇。王位的象征是沉重的圆木棒。抱着圆木棒的男人到来，村里一片骚然。

补记：后来，据博学的朋友所说，八尺琼勾玉其实是驯鹿的角。不过，持这种说法的人实际上不曾打开那个盒子看过。是某个接触过箱子的人说的，里面有咔嗒咔嗒的声音，由此推测，那该是驯鹿角之类的东西。

一天。

吃过晚饭，一个形状不圆满的巨大红月亮悬在天上。我心潮起伏，感到必须就月亮说点什么，急忙对 H 说道："迄今为止看过的电影当中，你觉得月亮最好的是哪部？我觉得是《疯狂的爱》[1]。"

---

1 *Crazy Love*（1987），蓝本是查尔斯·布考斯基（Charles Bukowski，1920—1994）的一些作品，尤其是《与人鱼交尾》(*The Copulating Mermaid of Venice, California*)。导演是比利时的多米尼克·德鲁德尔（Dominique Deruddere，1957— ）。

最近，我在三原桥的地下电影院（原来的色情电影院，装修过，变得漂亮了些，现在是普通的电影院）看的比利时电影《疯狂的爱》，是一个滑稽又忧伤之极的爱情故事，发生在一名男子的十二岁（少年）、十九岁（高中生）和三十三岁（他成了酒精中毒的流浪汉）。去看电影的观众大概只有五个人，不过看过的人都怀着感动离开了吧。电影的开头和结尾出现了月亮。

H说："……这样啊。我觉得是《德州电锯杀人狂》。"

我感到，关于月亮，自己还想再说几句，便说："除了生孩子和临终，月亮好像在其他时候也和人的身体有关。据说，把满月作为当中一天，如果那之前两天和之后两天，一共五天都是晴朗的月夜，只要一丝不挂地盘坐着沐浴月光，性冷淡就会立即痊愈。可是很难遇到连续五天都是晴朗的月夜，而且如果没有能让人心无旁骛全裸盘坐的环境，也很难做到。我认为，应该是通过眼耳鼻口和屁股加起来全部十个孔，还有脚心的足弓，从这些地方吸收月光的精华。感觉就是这样吧。"

"嗯，听起来会有效果。"H说。

一天。

在电视上看大相扑的千秋乐[1]。我对相扑界几乎完全不懂（输赢是看得懂的），不过我喜欢看表彰仪式。

会场里，相扑的老看客们为了避免回程拥堵，不看表彰仪式，纷纷起身，各自拎着包袱或纸袋，伸着懒腰，陆续进入离开的状态。在他们带起来的灰尘与喧嚣中，一群穿家纹和服或西装的男人们走上土俵[2]，把奖状、旗帜、奖杯、大酒盏等递给获胜的力士们。由前任力士担任的解说员和主持人一直不停地大声交换感想："最终还是获得了胜利的××……""他起身发力的时候，右手的动作真棒！""对，很厉害。"搞得我听不清别人念奖品目录的声音，让人着急。

○ 赢得一个巨大的金色摆件，看不出是鸷还是鹰。

○ 梅干。一个模仿奖杯的巨大容器（其大小可容一名成年男子蹲在里面，有金色的盖子）内满满地装着梅干。是某县农业协会的奖品。

---

1 大相扑是由日本相扑协会主办的比赛，每年奇数月有比赛，共十五天，千秋乐是指最后一天。
2 相扑台。

○ 米三十俵[1]和圆形年糕。这也是某农业协会的奖品。

○ 大分县的奖品是一筐巨大的干香菇。

○ 北海道是一卡车牛奶、奶酪和其他乳制品，还有牛形摆件。

○ 从墨西哥送来了盾牌和地毯。

○ 从捷克斯洛伐克送来了玻璃瓶。

○ 阿拉伯的奖品是一年的汽油，等等。

我把以上这些听到的做了笔记。

大家都喜爱相扑啊，尤其是在颁奖者念出来自日本列岛各地农业协会的奖品目录并递给力士们的时候，我意识到，噢，我们确实是农耕民族。意识到这一点，感慨万千。

差不多十年前，我去过藏前的夏场所[2]。色川武大[3]请

---

1 用稻草编的袋子，装入粮食或农产品，捆成圆柱形。从前是体积单位，如今作为重量单位。1俵米等于60千克。

2 5月的大相扑比赛叫作夏场所。藏前国技馆曾是主要的比赛场所（1950—1984）。因建筑物老化，此后比赛移到两国国技馆。

3 色川武大（1928—1989），小说家，散文家，麻将高手。另以阿佐田哲也为笔名著有多部麻将小说。

我们去的，坐在枡席¹的是色川、村松友视²、我和 H。看相扑的现场是生平头一回。我们开心地说，就算爬也要爬去。

离开家的时候在下雨，到了国技馆前，转成了毛毛雨。我战战兢兢地跟着茶屋³的伙计（来这种有一套传统的场所，我就会战战兢兢）。我听说要给伙计小费，但不知道该什么时候给，而且我也不懂要给他们一千还是三千。我的手在衣兜里紧紧地捏着三张千元钞，每一张都是对折再对折。当我们从昏暗的挤满人的通道来到大浴场般的馆内，眼前倏然一亮，远远地就看见了色川和村松。色川原本打算像阿拉伯石油大王悄然到访一般

1　相扑比赛的观众席按票价高低分为溜席、枡席和椅子。溜席离比赛场最近，禁止饮食。后两种席位都可饮食。枡席是席地而坐，四到六人一组。

2　村松友视（1940—　），编辑，作家。曾担任武田泰淳《富士》和武田百合子《富士日记》的编辑，与武田一家交往密切。村松友视的祖父是明治时代的著名作家村松梢风，他本人也想走文学道路，但直到四十岁才以写摔跤竞技的散文一举成名，后来小说获直木奖。著有《百合子是什么颜色：朝向百合子的旅行》（筑摩书房，1994）。

3　国技馆的茶屋除了提供餐饮，还负责带路，服务人员身着和服。此外，茶屋还拥有一定份额的枡席票，对外售票。现在的两国国技馆有二十家相扑茶屋。

来看比赛，不过看他坐在那儿的情形，已经把东西摊了一地，整个人完全松弛下来。地上铺了四张坐垫，前面两张是我和 H，后面两张是色川和村松。

"先来两瓶啤酒，两瓶日本酒。再弄点下酒菜。"色川悠然地向伙计说道。伙计立即用一只大篮子送来了叠放的食物。煮蚕豆四盒、烤鸡肉串四盒、品川卷四袋、年糕类点心四盒、双层便当四盒（双层便当的内容是：一大块鲑鱼、鸡蛋卷、鱼糕、牛蒡、蜂斗菜、面筋、香菇、芋头、中间是梅干上面撒了芝麻的白饭）。

我们后面的枡席是四名公司职员模样的中年男子，看着像是业务款待来的这里；旁边的枡席是四个大妈，已经喝了酒，红着脸。

我喝了啤酒，吃了蚕豆，又喝啤酒，吃一大口烤鸡肉串。吃着喝着，我为了不把喝到一半的杯子打翻，把它放到身体左侧，又撕开品川卷的袋子。我喝日本酒，吃鸡蛋卷，又喝日本酒。把喝到一半的日本酒的杯子也放到身体左侧，往嘴里塞一大口米饭。在我身后，色川只把手略往前伸一点，以一种让人看不到的姿势往我喝到一半的杯里倒啤酒或日本酒，所以就好像那儿有个水龙头，酒"嗖嗖"地就流进了我的杯子。再来三瓶。再来两瓶。他不断地加单。每次伙计送酒过来，我就捏紧兜里的纸钞，寻找递过去的契机，但渐渐地我不再拘谨，忘了这事。整个空间仿佛一直到天花板都被人塞满了。相扑选手之外的男男女女都喝醉了，如同有浅桃色的热气飘然腾起。土俵位于人群的当中，看起来出乎意料地小。相扑选手在土俵上相互扭住，一齐倒下，又相互扭住，然后其中一方倒下了。看不清谁是谁。基本上所有相扑选手只要一使劲，脊背和屁股转眼间就涨红了，其中只有一人的脊背和屁股变得苍白，格外醒目。旁边枡席的大妈说，那个关取[1]唱歌可好听啦。我们的座位挨着花道，所以都能听见相扑选手上下场时的呼吸声。处于竞技状态的相扑选手的背湿漉漉的，又湿又黏，我简直想切下来当作随身背包。

"他一直在眨巴眼，好可爱啊。"旁边的大妈们嚷嚷道。相扑选手们经过的时候，飘来一股好闻的味道。不

1　力士的层级从低到高分别是序之口、序二段、三段目、幕下、十两、前头、小结、关胁、大关、横纲。前四种算是"力士养成员"，成为十两才有工资。从十两到横纲，都叫作关取。

是发油或体味，而是别的——也许是我的心理作用。也许是看见强大的男人经过，心情愉快，以为自己闻到了。我们后面的枡席的四名男子给自己和同伴斟酒，一直不停地在喝，脸和眼睛都涨得通红，其中一人带着鼻音感叹道："啊，我真想和相扑选手交朋友。不过要花好多钱吧。"

当色川喜爱的相扑选手（我不知道名字）输了，他忽然走了（我猜大概是去见那个选手），然后飘然回来。他的举手投足和走路的模样显得自由自在，俨然是国技馆的王。横纲以及大关们比赛的时候，他似乎睡着了。

回去的时候，每个人在茶屋领了一只装满礼品的袋子。一盒馅蜜[1]、一盒米饼、甜纳豆、一盒烤鸡肉串，还有写着相扑选手名号的布门帘。我高兴坏了。H在茶屋买了三百元的节目单，说是当作今天的纪念。

雨停了，国技馆门口全是人，半天也打不到车。为了打车，色川站在和我们隔开一截的地方，他像是想起什么要紧的事，突然转向我们，慢吞吞地踱过来。

1　夏天的和果子，寒天、甜豆、赤豆沙、干果等浇上糖浆。

"那个馅蜜，也许最好别吃。天这么热。"说完，他又踱步走去打车。

前往银座的出租车里，色川仿佛要尽量缩小身形似的，交握双手，放在鼓起来的胸口中央，低垂着脑袋睡着了。其间他睁开眼说："我最近才搬的家，又想搬家了……呀，忘记买拖鞋了。"说完又睡了过去。

一天。

晴。早上六点。新宿发车往小田原方向的慢车经过交道口。每节车厢只坐了一男一女或一个男的。那是在新宿喝酒到天亮的疲惫不堪的人们。铁轨沿线的黑色波纹钢板房涂了煤焦油防水涂料，小小的窗户敞开着，早晨的阳光从窗户射入。窗下的波纹钢板贴着布告，"治疗宿便，敬请上门"。蔷薇盛开。煤焦油被晒热了的气味。说到关于交道口的记忆，我有几件。关于小田急铁道的记忆，也有几件。例如原本打算出远门去箱根，却在中途下车，在奇怪的温泉住了一晚。我以前很有活力——正要想起一些别的什么回忆，交道口的铁杆升起来，我就忘了。

在代代木公园西门入口看台模样的石头护栏上，有二十五六个穿着同款运动服的年轻男人张着腿坐在那里，他们沐浴着朝阳，一齐吸溜碗里的东西。经过的时候，我瞥了一眼碗里，但他们正好吃完了，看不到。碗里留着一点痕迹，像是赤豆年糕汤一类。从他们使筷子的方式看着也像赤豆年糕汤。

公园西侧的树林里有几棵高大的刺槐树，无风，花却如雪片般落下。白色花瓣沾在路面。花蕊漂满了水洼。

榉树林被暗绿色的叶片掩映，树上绵绵地催出一片今年生的黄绿色嫩叶，在老叶和新叶之间藏着无数淡绿色的粒状花。那些花吐出独特的熏人气味。一旦把那气味深深吸进去，它先抵达眉间，绕过耳后，渗入锁骨，然后痒痒地流经四肢内部，最后让胃一阵抽搐。

今天，湿气浓重的东边的树林里落着大量的乌鸦羽毛。落在大树浮现于地表的、苔藓斑驳的树根上。落在枯叶上。我捡了两根。乌鸦在交尾。一只的叫声是"啊"，一只的叫声是"咕"。它们"啊——咕——啊——咕——"地叫着，其中一只（"啊"的那只）竖起羽毛，整个身体大了一圈，重复了好几遍宛如鞠躬的动作，追逐着"咕"的那只。

上了年纪的男女在公园漫步道上跑几步走几步，又跑几步，走几步，兜了两三圈。男的单独一人或两人一起，女的五六个一堆，绕个不停。大妈和奶奶们无论在跑还是在走，都在不停地高声讲着家长里短。

"我就是想说这个。"

"是用来遮盖白发的，一点也不显眼。"

"都坐上那个位子了，应该再宽宏大量些。"

"我做菜不能有香菇和牛蒡，爸妈不爱吃。"

"我的心情，你懂吗？"

"哎哟，我才没有误会。"

"你的瑰疡（好像是在说溃疡）好了吗？"

"他那都是在演。演戏，演戏。我从一开始就知道他是在演戏。"

"很便宜吧？一千二。很可爱吧？我还买了包包。"

"到了这把年纪，我终于明白了。"

她们在聊电视节目、出国旅行、孙辈、腌菜、劳苦与道德、癌症、糖尿病、抄经——我以为，无论多么热烈的谈话，中间都会有忽然中断的一刻，中断的那几秒钟，叫作"天使经过"。然而，大妈们和奶奶们闯过了人生的风浪，无论是天使还是恶魔，她们的对话都不存在让其通过的间隙。大妈们停下来小憩。她们从袋子里拿出夏橘和亲手制作的糖果，相互传递。她们的眼神专注，以一种"摄取营养"的架势品尝，吃完后（在吃的过程中，还在聊某人经营公寓被人骗了，又聊到假牙），她们站起身，又开始兜圈子。

一位老人穿着不合身的全新运动服，以及像是刚出厂的运动鞋，脚步蹒跚，用尽全力走来。黄色的运动衣裤。儿子给他买了让他穿上，他早上从家里出来，拼命锻炼。要是身体变得虚弱，家人就不带他出门了。要是变得虚弱，孙子们会觉得他脏。

有个大个子男人平时总在雪松下睡觉，身下垫着毯子，枕边放着装有生活用品的纸袋和布袋，差不多有七个袋子。今天他在饮水处洗一升的酒瓶，边往里装水，边唱歌。今天唱的不是天地真理[1]的网球场的歌，而是

1　天地真理（1951— ），日本歌手，二十世纪七十年代偶像。1973年的《恋爱的夏日》是她的第七张单曲，是一首欢快的歌，开头的歌词为"等待你的网球场"。

另一首。这个人总是唱天地真理的歌……就是说，在那首歌流行的时候，他过着在客厅里看电视的生活。之后，他随心而行，活成了现在的样子，所以他不太知道那以后的流行歌曲。

缀满叶片的染井吉野樱树下有带桌子的长椅，一个留胡子、长头发的艺术家模样（诗人模样）的男人翻开文库本，吃着卡仕达酱面包。艺术人士和流浪汉，胡子和发型是一样的，所以很难区分，不过还是有一些区别。

○ 艺术家模样的人基本不携带行李。

△ 流浪汉的行李多。会带着三个以上的纸袋，每个都塞满了生活用品，塞到不能再塞，袋子变成了圆柱体。除了纸袋，还带着布提包、塑胶挎包、收录机、一升的空酒瓶等。此外还把伞横着穿在一件行李上。一般是女式雨伞。

○ 艺术家模样的人好像对什么感到厌烦，微微低着头走过草坪。

△ 流浪汉横穿草坪，是为了翻垃圾桶，他从垃圾桶里拿出食物、帽子和衬衫等查看，如果不喜欢就扔回去，又迅速穿过草坪，去看下一个垃圾桶。

○ 艺术家模样的人的衣着，我觉得总的来说是自成一体的，能看出其喜好。

△ 流浪汉从帽子到鞋，全身的装备都是捡来的或别人给的，所以有些部分显得挺精神的，有些则不是。乱七八糟的。还有这种，以前打扮朴素的老人穿上了大红色的裤子和桃红色的外套。

升高的太阳使得树林的影子变短，阳光洒满了园内所有的草坪，草上的朝露全晒干了，流浪者的数目也增多了，他们在树丛那边开起了政治座谈会，响亮的嗓音传来。其间隐约可见黄色的棒球帽。还不熟悉这套做法的新人（同样有纸袋和挎包等随身物品，不过新人的皮肤白皙，胡子浓密，双手细洁，肩膀的姿势显得有些害羞）和不善言辞的人一个个在离开一截的地方躺着。

一个办事员模样的年轻瘦女人走下假山的斜坡，短裙飘逸。她笔直地走到我跟前，鞠了个躬。她戴着无框眼镜。

"打扰了，希望可以净化您的血液。"女人合掌说道。

"不干净也没关系。"我拒绝道，但她仍然反复地说"希望可以净化您的血液——"，一直跟着我，直到我出了西门。

* * *

　　下午，我坐大巴去中野，看了《变蝇人》[1]。约有十名观众。我进去的时候已经开始了。银幕右边有根不断闪烁的绿线，一直到结束都在那儿。在实验过程中不小心把自己变成了苍蝇的男人，在他还没变成苍蝇仍是学者的时候，那张脸看起来就像是会变成苍蝇的，我感到很佩服。导演选了这副长相的演员，厉害。男人和苍蝇合体后，全身充满了力量，身体变好了。他往咖啡里加了一勺又一勺的糖，几乎要溢出来。他变得多话。渐渐地，他的身体变得轻盈，老是挂在各种地方或倒立。他的眼睛的转动，嘴的动作，各种体态，都显得绝妙，让人悲哀。他的身体逐渐发生了转变，渐次脱落。男人把脱落的部位珍惜地陈列在盥洗台的柜子里，作为自己曾经的人类时期的遗物。耳朵，性器官，指甲，其他。

　　学者的研究室和建筑物周边的景色显得空旷，氛围很棒。不好的是出现了男女关系。最后蝇男死了，他的

1　The Fly，1986 年的电影，导演是大卫·柯南伯格（David Cronenberg，1943—　）。

恋人活了下来。这也不好。应该都死掉。

　　一天。

　　很久以前，我带着书去了一家以"有眼光"著称
的旧书店，对方说："这本书的腰封破损了，不行。这
个原本价格不错的，可惜了。封面没有了，所以不行。
［封面指的是带函套的书外面罩着的半透明的薄纸。那
个纸叫什么来着呢——用嘴一吹会卜卜响，所以我们小
时候叫它卜卜纸。］"最终，对方给了个便宜到极点的
价格，还教训我说："战后过了四十年，迄今为止，日
本没有过持续了这么久的和平时代。书籍没有被空袭烧
毁，所以变得富余了。"我心里凉凉的回去了。那之后
我就远离了旧书店，却又改了主意，坐地铁去卖书。这
次我找了一间"看起来没有眼光"的旧书店，进了门。
店主把书一本一本地从左挪到右，叠放起来，全看完后，
抬头说："你家还有更好的书吧？譬如明治时代的。"又
说，"×××和○○○有段时间价格很好，现在跌下来
了。因为书出得太多了……你还是先留着……"说着，
他把书放在叠起来的包袱布上。不等我开口，他说：

"昨天我老婆说要去不忍池的皋月节[1]，去了一看，全是些胸前挂着相机的老头，真无聊。我在那边的咖啡馆约了人。"说着就忽然起身出了门。那人站起来我才发现，他比我矮。我因为去程和回程都提着装了书的沉重的包袱，包袱布的结卡进掌心，手掌红得就像梅干被挤烂在上面。

今晚，S完成一项工作的庆功会从六点半开始。在一家安土桃山风格的豪华餐馆，就连厕所都铺了榻榻米。我吃了寿司、天妇罗和其他许多日本料理，喝了许多啤酒，很开心。K来了，尽管据说他的夫人重病，或许会死。他喝了一点酒，转眼就醉了，声称自己的手会发出电波，给每个人按背，按着按着人就不见了，结果他在厕所里睡着了。续摊也在新宿，人人都很愉快。人过于开心就会丢东西。说是S丢了眼镜，N的三张万元钞不见了。我什么也没丢，然而从第二间店出来，我是怎么回的家——等回过神，我发现自己站在家里，就赶紧睡了。

1　每年五月在上野举办的皋月杜鹃花展。

第二天早上，朦朦胧胧的脑海深处，有个陌生人的声音，大概是坐在我旁边的人，唯有那声音像水泡似的不断浮起来。（您笑起来像个山贼。）似乎我当时笑得像个山贼来着。我的心情变成了鼠灰色。

一天。

晴朗了一整天，黄昏。

在 T 咖喱屋。坐满了。今年又到了夏天。

H 拿了摄影费，说要过母亲节，请我吃饭。

我想吃咖喱的时候：

○ 干爽晴朗的日子。下雨天不吃。

○ 有体力的日子。（虽然有体力，但体力还没到想吃魔芋的程度。）

○ 积极的日子。

○ 不反省自身的日子。

○ 心情好的日子。

○ 心情沮丧的日子也想吃。（即便沮丧，肚子也会饿。想吃点咖喱让自己振作起来，所以吃。沮丧的日子容易大醉，所以不喝酒。这种情况的食物，除了咖喱还有一种——鳗鱼饭。)

一盘肉末茄子咖喱。

大盘套餐，马铃薯和花菜咖喱、豆咖喱、洋葱鸡蛋咖喱等几种蔬菜咖喱和番红花饭——混一点那个吃两口，混一点这个吃一口。

一盘鸡腿肉和馕——烤鸡腿肉上用刀割过口子，切口的边缘像路边摊的整只烤鱿鱼那样膨胀着翻起来，朱红色的烤肉不是水滋滋的，而是饱含了芳香的肉汁。我用手扯下肉吃了一口。有点儿焦的馕散发着油脂的甜香，馕的半边随意地伸在盘子外。馕是刚烤好的，还冒着烟。这种印度面包像提包一样大而扁平，我很喜欢。软绵绵的西洋白面包，吃的时候感觉一道吞下了不少空气，吃馕则是一口吃下它本身。感觉真正在食用谷物。

如果有一天我吃不动咖喱，那就要走了，肯定。最近这段时间，吞咽食物和水的时候，我的喉咙会咕噜响一声，很难下咽，老是咳嗽，浑身无力，犯困，动不动就"呃呃"地犯恶心——我暗自忐忑，心想自己就要死了吗。但昨天早饭的时候，忽然就恢复到往常的我。

"小××，生日快乐！"靠墙的圆桌那边，像是一家人的六个人站起身，由老人带着干杯。小××是个穿西装的二十二三岁的青年。

芒果冰激凌混合了咔嚓咔嚓的部分和绵软的部分，我舔着吃了冰激凌，把装在厚实绿玻璃杯里的温暾的水喝干了，结束。

我们沿着山王通，往乃木坂的方向走。香料对人体的某个部分有某种好处。我身心舒畅，有点困。感觉自己像一只晒足了太阳的象海豹，正吹着风。

我们在乃木神社的石围栏坐下，感到一凉。有股鱼腥草和苔藓的气味。从神社的公共厕所那边传来冲水的响动。

两个穿白上衣的年轻厨师跨坐在自行车上，停靠在石围栏旁。看样子送了外卖回来。

"我真想去伊良湖崎[1]（？）。"有着吊梢眼、年纪稍长的那个边说边不断挠锁骨的位置。听起来他去过一次那边。

---

1 原文如此。伊良湖岬是著名景点，渥美半岛的尖端，位于爱知县田原市，可以眺望太平洋与三河湾。

"那儿有个纪念碑，是叫作源义朝[1]（？）的武士被杀的地方。源义朝被杀之前，把一大堆不知道是棍子还是长枪的供在了那里的神社，去了能看到。虽然是棍子，但曾经当作武器吧。有一大堆，不知是长枪还是棍子。就因为有一大堆才有意思。"

月亮从一个意想不到的方位出来了。坡上的高架桥那边传来滑擦的声音，像是摩托车撞在了什么上。一个男人的声音响了两次。没事吧。没事吧。

H 说："日本的月亮果然是日本画里的月亮呢。"

"印度的月亮呢？"

"印度的月亮，是漆黑的天空中挂着那么一个又圆又大的月亮。底下的沙漠里就一条路。坐夜班大巴在路上，啊，月亮，啊月亮，不管什么时候望去，都是只有那么一个月亮的景色。我很感动，不过印度人看起来完全不感动。"

"印度的男人是怎样的？"

"一群男的大白天就坐在茶馆里，啾啾啾啾地吸溜

---

1 源义朝，平安时代末期武将，源赖朝和源义经的父亲。源义朝死于爱知县知多郡美浜町的野间崎，在知多半岛。

芒果和草莓的鲜榨汁。他们一整天就那么游手好闲的。"

"女的呢？"

"女的都聚在家里做家务，她们讲悄悄话，相互开玩笑，笑。"

"寡妇呢？"

"寡妇会立即再婚。据说人们会夸奖那样的人，说她是个靠得住的女人。对了，上次报纸还是周刊上登了一个小小的报道来着。有群印度人说，女人应该追随丈夫去死，他们聚集起来，把寡妇送进了火堆——好像是乡下残留旧习俗的有钱人家的事。"

一天。

傍晚，我和 H 去超市买了五千元左右的东西，各自提着一只纸袋，从店里出来。重的东西都塞在其中一只纸袋，我们想平分一下再拿，便蹲在一间中华料理店门口的马路上，把萝卜卷心菜罐头挪了下。星期六的午后，东京都中心的人行道上没几个行人。我把拿在手里的 H 的钱包放在脚边的地上，忙着用双手挪东西。然后我们穿过公园，在宾馆隔壁一家摆出"冰"字旗的咖啡馆点了叫作"冰宇治金时奶油"的刨冰。我想吃的是普通的刨冰，但店家说，我们家的每种刨冰上面都有冰激凌，没法拿掉，所以只好点了那个。长发的年轻女孩和中年男子喝着咖啡聊道，因为电视台的工作，昨天去了狭山湖[1]，明天要去巴厘岛。冰宇治金时奶油两份一千一百元。冰终于开始化了，随意一搅，奶油、红豆沙和抹茶混作大理石花纹的奇妙色泽，我拼命往嘴里舀，刨冰却始终不减少。感觉越吃越多。沉在碗底的栗子硬邦邦的，所以剩了一些。

"亚马孙的半鱼人吃起来就是这个味道吧。"说着，我站起身，H也笑着起身，但下一瞬间，她的表情一僵，喊道："我的钱包不见了！"

那之后我们都失去了镇定，出了咖啡馆，沿着来路一路寻觅，一直走回了超市。H一句话也不说。她的脚步严峻又匆忙，我一边战战兢兢地跟在她身后，一边打开垃圾桶或塑料桶的盖子查看里面。我感觉自己变成了十分老迈的人。（挪东西的时候，我蹲在地上，把拿在

1　又叫山口贮水池，位于埼玉县的水库，其蓄水供应东京的自来水。

左手的钱包往脚边一放。挪完了，我站起身。钱包仍然放在地上。）……一定是这样。

H从蹒跚学步的时候起就有种习性，经常捡到掉在地板或地面上的东西。她四五岁的时候，我们正在看《日剧夏之舞》[1]，她不停地说，刚才我捡到了这个，我责骂道，不要乱捡路上的东西呀，说着拿起来一看，是我的钱包。

H十二三岁的时候，我们带她去拜访住在日暮里的老人A，他曾经是作家，那时一个人生活。H的父亲不断劝总待在家里的A，说我们去散个步，顺便吃荞麦面吧。A穿着和服，瘦得像一只鹤，他和H的父亲走在前面，他们身后一米是当妈的我，再往后一米是H，我们形成一个纵队，穿过谷中的墓地。A一个劲地在聊刚举行完的东京奥运会。

"总之闭幕式好极了，是吧？我深深地感到，人类真好啊。就连我也产生了想要相信人类的想法……"H从身后戳了戳我，小声说："我捡到了钱包，那个伯伯

---

1 松竹歌剧团的演出。松竹歌剧团是音乐剧剧团，成立于1928年，1996年解散。《夏之舞》至今仍由其姐妹剧团OSK日本歌剧团演出。

的。"她把一只手工缝制的布钱包拿给我看。那钱包小得像孩子用的。A一直在说话，声音含着泪，我递出钱包说，这是您的吗，他"呀"了一声，匆匆将钱包收入怀里。之后他不再继续奥运的话题，去荞麦面馆的路上，一路都没精打采。

此外还有一件七八年前的事。那时，我们去京都的寺庙，做完法事，从正殿走到另一栋建筑的休息室。和尚戴着金丝锦缎头巾，身着金丝锦缎法袍，踩着金丝锦缎拖鞋。和尚的身后是我，我身后是H，我们挨个走成一列，怀着肃静的心情穿过长长的走廊时，H戳了戳我，说"那位师父"，递出一只金丝锦缎的大钱包。和尚模样从容地接了钱包，收在身上，但同时也显得有些慌乱。（不论是小钱包还是大钱包，让人瞧见，都是窘迫的。）

还有一次，H一个人走在京都的街上，有张万元钞被风吹着，忽忽悠悠到了她的面前，她"啪"地用双手夹住了，感激地用了那钱。另一次，五千元钞哧溜溜从地上滑到她跟前，她"啪叽"一下用鞋底踩住。

迄今为止她都是捡到东西的一方，如今立场逆转了。

超市店员说，今天到目前为止，没人交来过遗失的钱包。附近的警察值班亭并排站了三个巡警。差不多七点了。H对中间那个最年轻的人讲了经过，便只有中间那人拉过椅子坐下，从桌子抽屉拿了纸，写上住址姓名电话号码、掉落的时间、钱包的内容等。他先举起握住圆珠笔的右手，一字字轻声念叨要写的字，在空中写了确认。然后他才写在纸上，所以很慢，他还不时啧一声道"哎，写错了"，然后撕掉，换一张纸重写，所以就更慢了。

一个戴贝雷帽的六十岁左右的小个子男人进来说了声"晚上好"，不停地鞠躬，在年纪最大的巡警耳边讲了几句话。巡警轻拍一下他的背，说："好的，我知道了。行了，你去公园玩儿吧。"说着把他推了出去，他不停地鞠躬，说了好几声"是"，走了。

负责我们的巡警询问了钱包的大小和形状。H说，这么大。他说，这么大的钱包？这个大小叫作手包吧。说着，他（似乎）写了"手包"。他又重新问了大小。每次H都用双手比大小道，这么大。每一次，他都露出不肯相信的眼神说："你刚才不是说这么大吗？这不是越说越大了？"我想，面临这种情况，尤其要注意准确性。

"不对，是这么大。"我用手比了大小。他便焦躁起来。"怎么大小又不一样了？"关于钱包的颜色，他也反复地问。H答道："茶红色。"

"你刚刚不是说米色吗？米色，〔说着，他敲了敲自己的手背〕是指人的皮肤的颜色，是吧？跟茶红色完全不一样嘛。"我心想，得答得更准确才行，于是摆出毅然的眼神，答道："不是茶红色，是龙虾壳的红褐色。"巡警深深叹了口气，一脸疲倦地望着我。

H坐在环状圆凳上，赤裸的双臂笔直地伸出去，落在膝头，第二年轻的巡警从刚才起一直在她左边走来走去。他刻意做出一副悠然的神色，漠然环顾墙上的挂历、镜子和天花板。那名巡警走到一半，忽然停下脚步，扭身回头，紧接着对H说："你身上那个印子是什么？是挠的？还是晒伤？你去了海边？"他的语气随意而轻快，俯视的眼中却有着兴奋的神采。

"哦，这个？被蚊子咬的。我不管是起痱子还是被虫咬了，很快就会留痕迹。"H挠着左肘内侧的皮肤答道。对方"唔"了一声，显然觉得很没意思。

另一个巡警骑自行车回来了。他摘掉帽子，用手帕擦了一圈头发茂盛的脑袋，说道："好热，好热。燥得很。是因为今天早上吃了生鸡蛋吗，感觉恶心。我讨厌生鸡蛋。"我呆呆地抬头看着那人的脸，心想，从巡警嘴里听到"燥得很"，让人有些害怕，这时，他从做笔录的巡警那里听了经过，又说："是忘在哪儿了？在地上？这种情况叫作掉落吧。"

"不对，是忘了。掉落的话会有砰的一声，毕竟是个大钱包。哦不对，应该是砰咚一声吧。砰咚，是吧。"我想着必须正确地表述，谨慎地说道。

"这样可以吗？"做笔录的巡警把他终于写完的纸给年长的巡警看。

"会找到吗？"临走时，H问。

"这个嘛，有些时候会找到。"做笔记的巡警说。

"说什么呢，基本都会找到的。"年长的巡警说。

天气预报曾经吵吵说会有小型台风登陆，然而台风没来。坐在值班亭里的时候，从遮蔽视线的高速公路和大楼的缝隙间望见的西面天空中三次出现微弱的闪电，仅此而已，然后就变成了晴朗的夜空。

"巡警的眼神很好啊。我老盯着他看，他就发现了。突然就扔给我一个问题。要是我吃惊和慌张，他就会认定我吸毒来着。"

在公园水池边的长椅上，一个体格健硕的陪酒女模样的女人把短裙拉到膝盖上方，抱着一只小型犬，在抽烟。像一片碎纸的白色的东西从藤蔓横生的藤花架上朝着水池斜斜地落下，然后扇动翅膀紧贴着水面掠过，消失在树丛的暗处。据说从美国来了大批的毒飞蛾，区政府为了灭虫刚做过全面消毒。从阴影中飘来和医院走廊相似的气味。

我们走了个 L 形，穿过簇拥着商住楼的后街，仅有的一处空地用粗铁丝网围了，是月租停车场。留存的混凝土地基和石头地面的缝隙间茂密地长着豚草。斜对面有栋贴着白瓷砖的新楼，一楼是间咖啡吧，其建筑混合了维也纳风格、希腊罗马风格和美国风格，嵌着彩绘玻璃的大门前，装设了一抱那么粗的、雕刻了植物花纹的假大理石做的毫无意义的圆柱。

"上次深夜经过这里，有个喝醉的相扑选手倒在地上。穿着单衣和服。"

H 说，那人一下子仰面倒在铺着蓝色瓷砖的地上，夹在大门和圆柱中间，接着像是很惬意地睡了过去。

一天。

天一热，人就没了欲望。我为了谈下田[1]的地界，去了 AU 事务所。我打算以万全的姿态和那边交涉，在火车上一路练习台词，但没成功，结果被对方牵着走。

炎热的白昼，我从千驮木往三崎坂的方向慢慢走。左手边的寺院围墙跟前有"圆朝[2]节"的落地旗招和"公开展示圆朝收藏鬼魂画"的标牌。寺门上有带黑框的贴纸，写着 O 家守灵夜告别仪式的日期和时间，我进了门。刚才经过的一间寺院，门上也贴着带黑框的纸。二月和八月，寺院很忙。

圆朝的作品《真景累之渊》很可怕。以误杀了人为开端，父子两代（父亲和儿子们）一直遭到鬼魂作祟。

---

1 武田百合子曾在伊豆下田买了块地，但似乎一直没盖房子。

2 三游亭圆朝（1839—1900），活跃于幕末到明治时代的落语家。三游派的宗师。其主要作品有《牡丹灯笼》《真景累之渊》等。圆朝对明治的言文一致运动也有影响，被称作现代日语之祖。

那家的男人特别招女人喜爱，一旦和哪个女人好了，女人的脸上就会出现一个痘痘。可怕。痘痘肿起来，化脓，女人的面容改变。可怕。然后女人们一个接一个自己割了喉咙，或是脑袋被弄开了而死去。凶器都是镰刀。全是镰刀，这是最可怕的。割草的农夫白天把镰刀忘在田埂上，和男人私奔的晚上踩到镰刀的女人。在仓库里被男人压倒的时候，被埋在干稻草中的铡刀切开脊背的女人。男人原本倒也不是那么坏的人，然而与他有关的女人全都成了鬼魂——只能说是个女人运糟糕的男人，但因为他遇到的事太糟糕了，每当发生什么，他害怕或是烦躁，渐渐地，就成了个坏人。

寺院的正殿是东京下町的寺院常有的简洁建筑。我脱了鞋子，踩过回廊上浮现木纹的厚地板。来参观的人除了我，就只有一对背着婴儿的年轻夫妇。

"三游亭圆朝生前收藏的百幅鬼魂画中的一部分。圆朝死后为藤浦家所有，又由藤浦家捐赠圆朝菩提寺[1]全生庵，作为不出寺门的镇寺之宝，享有盛名"

---

1 家族代代摆放牌位（设置墓地）的寺院。

○ 深夜出现在心爱的孩子枕边的母亲的鬼魂。

○ 蚊香与老太婆鬼。

○ 出现在新宿十二社[1]大瀑布、守护亲生孩子的父亲的鬼魂。

○ 东海道藤泽青楼的生病的妓女鬼魂。

○《牡丹灯笼》[2]的阿露。

○ 手持骷髅的夫妇鬼魂。

○ 嘴里叼着头发的妓女时鸟的鬼魂。

○ 站在蚊帐外的女鬼。

○ 出现在秋夜的平安朝风格的优雅的女鬼。

○ 吹着尺八、站在波涛间的男鬼。

○ 恋慕年轻女孩的好色鬼。

○ 倚着壁龛柱的鬼。

○ 盲女渡河图。

○ 盲人鬼魂。

○ 堕落僧人的鬼魂。

---

1 位于西新宿二丁目的熊野神社。

2 三游亭圆朝二十五岁时的作品，改编自中国明代小说《剪灯新话·牡丹灯笼》，与《四谷怪谈》《皿屋敷》并称为日本三大怪谈。

○ 淹死鬼。

○ 从一封信中出现的女鬼。

○ 在暴雨中出现在院子里的鬼魂。

等等。

展厅小而整洁，明亮，通风，很舒服。那对年轻夫妻仍是少年少女的模样，看得出来，他们生活拮据，没钱去海边和山里玩，两人一言不发，静静地参观完，把婴儿放在角落的地板上，给孩子换了尿布。展厅的地上还摆着木雕龙等摆件，龙身上的鳞片一片片都用玻璃珠嵌成。这不是圆朝的遗物，看起来是这间寺院僧人的藏品。

走在墓地里，天空又高又蓝，石头与石头之间有好几十株自然长出来的鸡冠花，一片通红。唯有圆朝的墓前升起一道粗粗的香烟，所以立即就能找到。

当我重新回到静悄悄的街上，好热！感觉要打喷嚏。煤焦油融化的气味。堆在路边的旧轮胎，被扔掉的生锈的童车。几乎所有人家都把门口黑乎乎的格子门和二楼的窗打开一半，挂着的竹帘和蕾丝窗帘的帘脚露在外面。透过窗帘往里看，屋内暗如洞窟。开着的电视闪着钴蓝色的光。坐那儿看电视看得入神的老太婆。光着脚坐在玄关门槛上，专注于化妆的女人。

一个裸着上半身、穿条宽松中裤的男人从后巷走来，怀里抱着个白色的东西，他走路时晃着肩膀，姿态古怪。我在和他擦肩而过时看到，他抱着的是个出生不久眼睛刚睁开的婴儿。

我进了一家刨冰店。先到的客人，父亲和男孩，在吃蜜瓜刨冰和草莓刨冰。墙上挂着装在相框里的富士山照片，奖状。架子上有鸟的标本，只画了一只眼睛的达摩，开着花的盆栽牵牛花。

"这是真的牵牛花？我还以为是假花。是你种的吗？"

"嗯，早上开花之后把盆移到家里，就会一直开花。"

"我家的没开花。"

"修剪一下藤蔓就会开。得摘芽。"

"用剪刀？"

"用手。用手比较好。播十粒种子，会出七八棵。我种的每年都开花。"剃小平头的店主从里面出来，和那个父亲聊天。我点了原味刨冰。

一个销售模样的男人进来，问："海苔卷有吗？"

"有豆腐皮寿司。"

"那就要六个豆腐皮寿司，两个白煮蛋，还要盐。"那人拿了一包吃的出去了。

父亲和男孩像是从游泳池回来，脚边的地板上放着塑料袋，脑袋湿漉漉的。

"校长的房间隔壁的房间。大家聚集在那里办事，对吧？那间叫什么室？"

"不知道。"

"职员室？治疗室？"

"不知道。"

两个人都是那种体力耗尽之后、宛如梦游病人的声音。

又来了一个晒得黝黑的销售模样的男人，他买了四个豆腐皮寿司，两个鲣鱼碎饭团，还有两个煮蛋，让老板打包，然后离开。

一出一进，又来了个男的，这回坐下了，点了五个豆腐皮寿司，两个白煮蛋，并说，多给点姜。

在神社里，经常看到穿西装的男人抱着包坐在大树的树根或石阶上吃香蕉。香蕉也是有营养的东西，且吃起来不麻烦，不过在炎热的日子里，可能还是像这样吃寿司和蛋更好。如果男的有一天说什么煮蛋吃了胸闷吃不下，那么他也就完了，一定。

这天，在这之后，我去了不忍池。正值上野夏日祭纳凉大会的盛期，池畔有许多摊子支着凉棚或竹帘。园艺摊，卖石灯笼和石材的摊子，卖天牛、锹甲和虫笼的摊子，仙人掌摊，软陶摊和其他摊子。在园艺摊和金鱼摊之间，有家标本摊。大白熊标本似乎放不进凉棚，搁在外面，面朝池塘的方向，沐浴着夕阳伫立着。就好像熊悠然地站了起来。它长长的肚子上贴着纸，写着"世界最大的巨熊，原价四百五十万，现价二百五十万"。还有张贴纸，"摸一欠［是指一次？］一百"。人们很喜欢这只白熊。男人们尤其喜欢它。一群群的男人过来，买不起，于是摸一摸它，然后离开。我想，莫非它是许久以前浅草有跳蚤市场那会儿，在大帐篷里的那只白熊？我怀旧地盯着它的脸望了一会儿，看起来像那只，又不像那只。莫非从前那个标本摊的大叔在这儿？他还好吗？我在周遭看了一圈，凉棚里只有两个小哥，在擦拭大龟标本和火盆。

一天。（富士北麓）

H寄来装有食材的快递，中午送到。里面有封H写的信。

"——中国采取独生子女政策，不过，听说因为过于溺爱独生子女，发生了一些问题。例如，父母为了节约喝粥，却给孩子吃肉包。"

我想了想。就是说，她的快递是这个意思吧："我家的情况和中国不同，我虽然是独生女，却自己喝粥，在商场买了各种食材，积极地寄给妈妈。"或者她想表达："我家和中国一样呢。妈妈在山上过着匮乏的生活，做女儿的我在东京过着奢侈的日子。对不起。所以我在商场买食材寄给你。"我就此想了想，可是搞不清楚。

我到管理处去打电话。在山上的时候，每年如果有急事要打电话，就去对面溪边的公司宿舍用他们的电话，可是今年那里一直关着木板套窗，宿舍周围荒草丛生，也不见管理员A的身影。北邻的T庄从更早以前就关着门，我十年左右没见过T了。去年还是前年听A说的，T得了白内障，不愿再进山。

"她在热海有栋特别特别高级的别墅[听起来 A 去过那儿]，卧室整面墙都是玻璃窗，人睡着的时候，朝阳会直射到脸上。别墅在山上，从那里能看见山下热海的城镇，对面是海。一整面草坪剪成短短的五厘米，树木修剪成圆圆的，打理得很好。那真是一片乐土。和热海的别墅比，这边的冬天，要是进出屋子不注意的话，血压就会蹿上蹿下的，会导致脑出血。对老年人来说，这地方只有夏天能待。简直是天地之差。"

我花了四十分钟慢慢地走到管理处。我的右脚去年扭伤后变得不好使，进入梅雨季节，又开始作痛，不过从昨天起感觉好了很多。也许是因为在这边不用空调也不用电风扇，对腿脚有好处。又或许是因为我没有穿皮鞋，穿着草鞋走路。

湛蓝的天空铺遍每个角落，如同严丝合缝的钢，一团深处泛光的白云在草原上投下大片茄子紫的阴影，带着阴影移动。唯一的道路长长地向前延伸，如果气温继续上升，路面仿佛会冒着烟烧起来。我感觉自己就像吃了驱蛔虫的海人草，眼前的视野泛白，周围变得遥远。一条细蛇从我右手边的草丛中滑行出来，扭动着带有红色条纹的背，背上闪着光。它长长地向前探出脑袋，前进，一次呼吸后，又前进。它横穿过烈日下的柏油马路，啪嗒一下滑落到左手边的溪里。

我往东京的两个地方打了电话，经过D的家门口，透过树木和纱门，只见D四肢着地趴在客厅一角，正在找什么。客厅的电视开得极响，简直连电视机都要碎裂开来。我停步窥看的时候，D也注意到了我，嘴里说着什么，打开纱门，踩上拖鞋，从架高的露台下到院子。等到下来和我面对面，他突然开口道："大冈走了，我们很寂寞啊。"

D和我各自靠着赤松的树干，在院子里站着聊了会儿。

大冈每年夏天来山里生活，他和D，还有在河口湖北岸有座房子的O，他们三个好友每年一次，于八月盂兰盆节的前夜，在山脚镇子的小餐馆里聚餐。大冈邀请道，不是什么正式的聚会，不过你也去吧。于是从数年前，我也一道参加，从此与D成了熟人。

"我和大冈同年。"大概是由于律师这一职业，D的说话方式清晰有力。他有些耳背，右耳塞着助听器，但他眼镜深处小小的黑眼睛闪着光，搭在赤松树枝上的手背也显得有光泽，像上了一层清漆。六七年前，他夫人去世后，不管是在东京还是在山里，他都自己做饭。刚认识 D 那会儿，他作为单身的后辈，曾经问我这个单身的前辈："一个人在山上，不寂寞吗？"

我答道："天气好就没事。下雨天不行。"

"没错。就是这样。这里的雨是阴郁的极点。确实啊。东京的雨是从天空笔直地唰唰落下来，这里的雨先落到树木的枝叶上，然后再滴滴答答地落下来。这就是不见底的阴郁的原因啊。"他立即分析道。我深感钦佩，心想，不愧是律师。

"您身体一直都好吗？我去年扭伤了脚，腿脚不好。"

"就像我刚才说的，我和大冈同年，而且因为生来硬朗吧，迄今为止没生过什么病。我一直喝大酒，可是差不多去年吧，在上坡的时候，我突然心脏难受。我心想难道大限将至，去医院看了……检查花了一个星期。结果说我贫血。医生可能觉得，以我的年龄，最好就这么放着，就没提什么治疗方案。可我还想打高尔夫，游泳，就去另一家医院看了。我问医生，我究竟还能活多久，如果太早死，不治也一样。医生呢……可能他说的是恭维话……说我身体其他部位好端端的，还能再活十年。于是，我在那家医院打了针。打的这个针好像是特别强烈的药。打完针走在路上，头晕。等那阵头晕过去，倒是舒服了。像这样反复。还输了血。我原以为输血是交通事故或者癌症手术才做的，结果像我这样的病也要输。我上医院看病，在那儿一直等，输完后回去。起初要输五个小时。慢慢地输。一开始，心脏的感觉怪怪的。你要知道，输血是不可思议的事。输进去，马上就见效。身体涌出了活力，光是看看周围都觉得带劲极了。"

"嗖嗖地有效果吗？"

"正是。嗖嗖地，噌噌地。就像喝了酒，人变精神了。"

"多长时间有效呢？"

"说是输一次管一百八十天。我的有效期要短一些……啊，差不多又要输了。"

"这一来，您好像成了吸血鬼。"

"正是。长谷川如是闲[1]曾说过，'人过了八十岁，光

---

[1] 长谷川如是闲（1875—1969），原名长谷川万次郎，跨越明治、大正和昭和时代的作家，以社论著称。其代表性文章有《现代国家批判》《日本法西斯主义批判》等。

是活着就是件大事业'。完全就像他说的那样。我一直身体硬朗，从来没看过医生，没想到年过八十，变成这样奇怪的体质。哎，人到了八十岁，很辛苦啊。真的光是活着就是大事业。像大冈那样坐着写东西的工作才好啊，就算上了年纪也能做。我的职业需要出门和人交谈，所以上了年纪就不好办。但是，如果因为上了年纪就只做点兴趣爱好，我感觉不到活着的价值。虽然也可以写写自传，但那只是在写的过程中获得自我满足罢了。这方面，还是大冈好。坐着写东西——终究是为了世间，为了其他人。我呢，吃什么都可以。医生这么说的。酒也可以喝，别喝大酒就行。也有人说，上了年纪能吃好吃的喝点酒，不就够了吗。如果我能这样想，就幸福了。我想让自己这样想。可是，我做不到……都怪我年轻时候读的书。那会儿读的是马克思。我从书本中学到，为了世间，为了其他人而付出，而工作——这才是人。我这是穷人的精神，穷人的心性。我最近跟着绘画老师学画，算是八十岁起的业余学习。最近，我去大冈家的大门那儿，画了他家关着木板套窗的房子的素描，然后回家上了色。"

临走时，我从袋子里抓了一半薄仙贝给他——带着仙贝，原本打算途中找个有荫蔽的石头坐下来吃。D一边继续说话，一边送我到大马路的转角。

"托尔斯泰……嗯，那个我也曾经读得入迷。都是因为读了那个啊……嗯。"他歪着脑袋一笑，回去了。

·

一天。（富士北麓）

早上，外川来了。我出门前去田里摘了些菜，南瓜、豇豆、玉米、青椒什么的。说着，他用沾着泥的手抱过来一只纸箱。我们喝着茶聊了几句，他便起身说："我接下来要去山里的三个工地转一圈，好忙啊。"他把裤子往上提了提，重新系紧皮带。我跟在后面，送他去院门口。他在院子中间停下，环顾四周道："长出来好多箬竹啊。"

据说，树木吸了人气，就会生长。自从我们建了这座山中小屋，三十年间，院子里原本瘦弱的赤松长成了一根根电线杆的模样。根部肥大，像一个人的身体那么粗，木头的颜色是一种活生生的红，像火腿或牛肉。赤松间还有从种子长成的橡树。从前的院子是个草坪，如今成了树林。阳光只能斑斑点点照进来，草不再开花，倒是北邻的T庄的院子里的竹子越过分界，在这边生了根。T庄据说是花了一大笔钱雇园丁种的竹子，不知为什么，竹子在T庄的院子里长不好，却伸到我家院子里蓬勃生长，如今，院子中间的路都看不见了。

"这一带很少长箬竹。现在很少有人砍箬竹，从前，我曾经翻过一座山，到道志去砍箬竹。把差不多这么老的箬竹砍下来，剥皮，削掉竹节，劈成四片。把竹条削成一样粗细，让它们能穿过开有小孔的钢板，然后编笊篱或者背篓。只有边上用柔软的新竹子。箬竹的老父母（老株）比较柔弱，越往后长，越有精神。"

外川用手心摩挲着长到胸口那么高的竹丛，一边拨开竹丛往前走，一边说道。他在战后想要做箬竹的买卖，曾经一天走将近四十公里，所以他很熟悉箬竹。不光是箬竹，外川还熟悉各种动植物和矿物，还懂得社会和选举，对历史也有兴趣。有一回，外川开车带着我，从据说是武田一族灭亡之地的日川溪谷[1]去了

1　位于山梨县甲州市，甲斐国的武田胜赖与妻儿在这一带自杀。后来德川家康在溪谷附近的天童山建景德院，以祭奠武田家。

天目山¹。当车驶过一座飞騨高山建筑风格的精致的山野菜饭店门口，他批评道："看起来像老房子，其实是故意把新房子用烟熏，做旧做脏。这样的不'既然'〔自然〕。"在民宿跟前，他说："只要有一个网球场，就能有十个客人。"在大温室跟前，他解释道："这里呢，专门种仙客来。日本人喜欢仙客来。"在自动贩卖机跟前，他停了车，给我买了果汁。在溪谷边上的餐厅，他请我吃了山女鳟套餐。我说我来请，可他一脸的不高兴，挡在账台前，根本不听我的。在景德院和龙门峡的土屋惣藏²单手千人斩古迹，他把立牌上长长的内容全文念给我听。那边一天只有两趟公交车，公交车的终点，靠近天目山顶的村落一带，道路、种着桑林的土地和农家的院子全部闪着光，不知该说是金色还是黄色的光。分校的运动场也闪着光。炎热的白昼，不见大人、孩子或猫狗。天空晴得湛蓝湛蓝的，近得仿佛一伸手就能摸到。

1　位于山梨县甲州市，原名木贼山，1348 年，曾在中国天目山学法的临济宗禅师业海本净在此开山，创栖云寺，从此更名。

2　又名土屋昌恒，武田家的家臣。武田胜赖自杀前，为争取时间，土屋在悬崖边，一只手握住藤蔓，一只手对敌织田信长的军队。他死于此战，终年二十七岁。

220

我呆呆地望着那炫目又明亮的景色，外川告诉我："这里的山含有黄铜矿。"正值土用[1]的盛夏时节，那是太古八郎[2]去海边游泳溺死的夏天，我在日川溪谷的浅溪脱掉鞋袜，把脚浸在凉凉的溪水里玩的时候，想到太古也死了，忽然感到一阵寂寥。

其实我原本打算将这些箬竹全部砍掉，听到外川的话，感觉院子里长了不错的植物，砍掉也有点可惜。

下雨的晚上，我把家里所有的灯打开，看电视，炖东西，做缝纫。一旦忽然回过神，就糟了。紧闭的木板套窗外，板墙的那边，围绕着整栋房子的一片漆黑的院子，倏然变成了时代剧的世界，受伤的逃亡武士和切腹切到一半的武士屏息敛气，蹲在被雨水打得沙沙作响的箬竹丛的各个角落，我的脑海中一个劲儿地浮现他们的身影。我绷紧了身子……我一向怕鬼。

1　源自五行的节气，立春、立夏、立秋、立冬前十八日。提到土用，一般是指立秋前的土用。
2　太古八郎（1940—1985），日本的职业拳击手，喜剧演员。

一天。(富士北麓)

昨晚我去睡的时候，有只蟋蟀高高地抬起后腿，伸着长长的触须，抓住桌上的毛豆。过了一整夜，它吃了半粒毛豆。早上，它维持着同样的姿势，继续抓着毛豆。

晴朗无云。中午的时候，山上少见地来了辆卖竹竿的车，广播里放着"竹竿——晾衣杆"。似乎一根也没卖掉。过了一会儿，那车播放着"竹竿——晾衣杆"，往山下去了。

我总觉得今天外川也会来。三点左右，外川来了。他右手抱着个纸包，左手抱着个南瓜，走下院子的斜坡。我赶紧把上回收到后还没吃搁在架子上的南瓜藏起来。他带来的纸包里是黄瓜、茄子、玉米、土豆和胡萝卜。

外川今天的讲述——

外川家的宅基地约有九百坪[1]。一坪十五万，所以现在是一大笔钱。昭和三十年[2]前后，总价三千万。不过，据说在那之前，总价只有三十万左右。地价在经济高速发展的一段时期内上涨，据说这一带也有不少卖了地的

1　面积单位，一坪约等于 3.3 平方米。
2　1955 年。

暴发户，而且一直有关于土地的争端。（我们建这栋山中小屋的时候，请外川做了所有石匠活儿。外川那会儿是个石匠，在他自己的石山搞爆破，切下石头运来，建造石墙和用来稳固地面的石地基。他如今是建筑公司的老总，还承揽基建项目。他胸前的口袋里插着金色的圆珠笔。）

外川的弟弟也曾经是石匠。听说，弟弟原先拥有旧登山道上山口的七百坪土地，战后，他无论如何都想要辆本田摩托（外川解释道，弟弟为什么想要摩托车呢，因为想骑摩托车去石山），以每坪一百五十元的价格出手，按时价六万还是七万买了摩托车。

"现在看，亏了。要是现在还有那片地，那边一坪要七八万还是九万，不，还要多些。就算七万一坪，也有四五千万。本田摩托现在仍旧是六七万就能买到。"

"我哥哥也一样，"我想起类似的事，便说，"我记得就是在那个时候。他想抽好彩烟，把山林都卖了。当时美国烟是禁品，得按驻军小卖部倒卖的黑市价，所以超级贵，是吧？我们这些弟妹还不能抽烟，他给我们买了一大堆小卖部倒卖的甜甜圈、用金纸包着的带核桃仁的巧克力球，我们一块儿把那些东西塞进了肺和胃里。我们飘飘然，觉得自己仿佛成了美国人……山林转眼间化作了烟，我们立即又变回了日本人。"

外川以前显得拘谨，不吃我端上来的烤鱿鱼，今天则立即伸手，吃个不停。他有张古代风格的脸，我一直暗自感叹，觉得他长得像猿蟹大战中上场的大胡子栗子武士[1]。此刻他的脸通红，跟喝了酒似的，他边点头边低声笑道，是啊是啊。每当笑声中断，他抹着渗出眼泪的双眼，又重复道，是啊是啊，山林……是啊是啊。他就这样笑了很长时间。

每年到了这时候，虫子就会叮人。我们各自隔着衬衣一个劲儿地挠着胸口和肚子，说着话。

晚上，有只绿头苍蝇把一个金色虫卵模样的东西（大小如宇津救命丸[2]）弄到桌上，一直在玩。是虫子或其他什么生物的眼珠。

补记：外川好像很喜欢山林化作了烟的话题，之后

---

1 日本民间故事，猴子使计骗了螃蟹，螃蟹郁闷而死。小螃蟹和栗子、蜜蜂、牛粪等伙伴前去复仇，最终杀死了猴子。
2 治疗消化不良、食欲不振等，颗粒比小米略大。

每次来，都有意无意地把话题往那边带，想让我说那件事，所以我把同样的话讲了好几遍。外川等在那儿，笑个不停。

一天。

我去相机折扣店 S 取送修的望远镜。

人们像寿司一样挤在逼仄的轿厢里，我感觉 S 的电梯不管是升降还是开门关门都比一般的电梯快很多，可是男人们一进来，要么摇着烫成小卷或散发着发油气味的脑袋，瞪视着半空喷道，好慢啊；要么抖腿；要么伸出胳膊不停地揿"关"的按钮。（觉得他们这样很讨厌，我还不够像如今的日本人。）

望远镜卖场有个顾客。是个瘦小的男人，穿着雨衣，一头白发，仿佛全身背负了活着的艰辛。他拎着 PV 纸袋，太阳穴青筋浮现，一直在看望远镜，最终没买就走了。

每层楼都不停地流淌着 S 的社歌。当然播放了日语歌，还播了法文、中文、韩文和英文的，还有德文的。听着中文歌，感觉自己成了中国人。轮到韩文歌，又觉得自己成了韩国人。

之后，我去百货商场看了花道某流派掌门的作品展。因为有人给我赠票，让我看完后写感想。场内满是穿和服的中老年妇人，她们背上的腰带像装了个小枕头，那上面用金线银线绣出朦胧的云或山的形象。周遭充斥着脂粉香和二氧化碳。

一群人聚在掌门的作品周围不动，就算我想上前看，也过不去。所以我也没法得出任何感想。妇人们彼此拍照，相互鞠躬，发出一阵嘈杂声，做够了这些，她们出了会场——哦，在那之前，她们在场内排队，买了三种古怪图案的包袱布（似乎是掌门设计的）——接着在紧邻出口的特设卖场买了该流派相关的书和掌门的签名彩纸，一群人握紧刚拿出来的钱包，又涌到旁边的大北海道食品展，买这买那。

我在大北海道展买了南瓜粉、蜂蜜和装在薄木盒里的旭川站便当。螃蟹便当、海胆便当、鲑鱼子便当、螃蟹鲑鱼子海胆三色便当，每一种都是八百元。其实我想买完全是海胆的，但又有些不安，万一不好吃呢？于是我选了有海胆螃蟹和鲑鱼子的三色便当。发明这个三色便当的人真厉害。海胆、鲑鱼子、螃蟹，是日本人的三大……（什么？这种情况该称作什么？）……三大想吃的食物？正因为如此，我们迟疑不决，不知该选哪一个。人们在迟疑之后说，请给我三色便当。说完便安稳了。

商场的屋顶天台上铺着人造草坪，摆放着刷了白漆的桌椅和长凳。茶色脸庞的保险销售模样的男人和面色如棉被里的棉絮、系着绳领带的老人彼此分开一截坐着，看会儿报，吸会儿烟。也有人在打盹。熊猫和大象玩具上没有孩子在玩，鸽子将生肉颜色的脚爪浸在水坑里，喝着水。一名相扑选手扶着铁丝网，看着远方。我也拿起望远镜看了看，望见三辆插着紫色旗帜和太阳旗的右翼的车缓缓驶向没有尽头的路的远处。

一个看着像高复班学生或大学生的男的坐在长椅上，弓着背，用筷子吃着什么。我到他的长椅落座，解开便当的绳子。那个男的正在吃的也是三色便当。电梯停了，大妈们三五成群热热闹闹地来到屋顶上，选了阳光好的位置坐下，然后也立即拿出罐装乌龙茶和三色便当吃了起来。

不时响起排气声，从排气塔吐出温热的气体，有股煮脏抹布的气味，那气味很快随风飘散了。

　　主人公带着来自乡下的妓女，在冬天的傍晚来到百货商场的屋顶天台上。长椅上坐着个古怪的男人，是骗子和皮条客，长椅是他拉客的舞台。从那屋顶上眺望的景色，主人公和怪男人之间绝妙的对话。——《在市街的底下》（吉行淳之介著）一书中，我最喜欢的场景。东京的景色。东京的空气。住在东京的男人们。每次来百货商场的屋顶天台，就会想起《在市街的底下》中的那一节，不由得四下张望。

　　然而，人们晒着太阳的脸，不像样啊。动物反而不会这样。

　　一天。

　　最近每天早上吃早饭的时候放从录像带店租的录像带。前天是罗伯特·奥特曼的《婚礼》[1]，昨天是《等待黎明》[2]。

1　*A wedding*，1978 年上映的美国电影。
2　1984 年上映的香港电影，梁普智执导，万梓良、周润发、叶童主演。

是因为不想看 NHK 晨间剧《凛凛》[1]，以及后来的《京都，两个人》[2]。

今天早上看的是罗伯特·奥特曼的《陆军野战医院MASH》。

我和 H 去扫墓。回程，我们在车站门口的录像带店租了《双峰》和《理查三世》[3]。租费一盒录像带两天一夜三百八十。我们家因为是两个人看，所以定下每盒带子由两个人各出一半的钱。我们边看《理查三世》边吃晚饭，然后去邻町的商店街看阿波舞大会。我第一次目睹人们顺着马路边跳边走，比想象的更加明朗，看了心情愉快。菊水连[4]的舞跳得最好。呀多赛，呀多赛，呀多呀多呀多赛。

"哎，早点回家看《双峰》吧。大卫·林奇拍的呢。真开心。会是怎样的呢？想看。"

1　1990 年 4 月 2 日至 9 月 29 日播放的晨间剧，讲述大正时代到东京研发电视机的青年的故事。平均收视率 33.9%。

2　1990 年 10 月 1 日至 1991 年 3 月 30 日播放的晨间剧，讲述京都老牌泡菜店的三代人。平均收视率 35.6%。

3　英国导演劳伦斯·奥利弗（1907—1989）的《理查三世》（1955）。

4　推测是高圆寺阿波舞联合协会菊水连，其传承来自德岛，会员众多。

看了《理查三世》，然后看阿波舞，中途又赶忙回去看《双峰》。脑子里会变成怎样呢。

一天。

最近借的录影带。《加州玩偶》《窃听大阴谋》《虎口巡航》《马克斯兄弟》[1]《座头市铁火旅》。我怕我忘了然后借来同样的，所以记下。《战斗》(罗伯特·奥特曼导演的两盒)，《孽欲杀人夜》《第四个男人》《魔鬼之血》。

昨天H借来的雷德利·斯科特的法国历史剧《决斗的人》，故事中的男人的命运，就是决斗过了一辈子。无聊得让人无法想象是拍出《银翼杀手》的人的电影。昨天看完后，我一直在说那片子的不是。今天想起来又开始讲它的坏话。

H说："对不起。这盒带子的租费，你不用给我一半了。因为我不好意思。"她又说，从今往后，租来不好看的录像带的人，租费全部自己出，此外，既然让对方看

---

1 应指美国喜剧演员马克斯三兄弟的某部舞台或电影。名为《马克斯兄弟》的纪录片要到 1993 年才上映。

了无聊的电影，作为惩罚，就要付钱买点什么给对方。

一天。

早上在代代木公园走了走，今天腿脚的状态相当好，所以我久违地去了明治神宫。中鸟居一侧的净手池，左右两边的柱子上挂着明治天皇（右）和昭宪皇太后（左）的御歌（好像是每天更换的），今天咏的是月与大雁。无论是咏自然风物，还是代入国民的心作和歌，或是吟咏自身的心情，作出来的总是同样气质的御歌，不愧是皇室，有种朗朗乾坤的气质。

一群东南亚的年轻男女走在一块儿，大概有十个人。其中一人边走边得意又开心地摆弄着像是刚买的日本相机（周围的同伴们或探头张望，或摸一摸相机，显得很羡慕），却把它掉在了石板路上。周围的同伴们"啊"了一声。男人立即捡起相机，掸落灰尘抱在怀里，查看各个部件，然后放声哭了起来。

正殿两侧的回廊里，陈列着全国各地献来的白菜、根茎菜、酒、米、味噌等，陈设工作刚做完，穿白衣天蓝色裙裤的神主和穿西装的男人们正在检查摆放的情况。还在举办盆栽小垂菊和大朵菊花的展会。菊花分别取了名字。叫作"大力"的菊花，一株上面有好几百朵花。好名字。

矢牧[1]因为肝病在秋天再一次住院，我去探望他，是在十一月初的晴朗的午后。正好那时候，在同一家医院，同样是老朋友的 O 也在内脏大手术之后二次住院，所以我还打算去一下 O 的病房。我在地铁汤岛站一角的"鹤濑"给自己买了两个大铜锣烧，顺着向左弯出一道徐缓的弧形、看不到头的切通坂爬上去，往医院的方向。坡道途中有间天神神社，在办菊人偶和菊花的展会。舞台围了一圈竹帘，从一楼屋檐垂下紫色的幕布，舞台背景上描绘了那一年的大河剧的主人公们，以及歌舞伎和民间故事中有名的人物，还有城楼、满是红叶的树木和晚霞的群山等，穿着用菊花做的衣裳的人偶们在背景前摆出僵硬的姿势。手执长刀的老女人，跪在地上歪着头望

---

1 矢牧一宏（1926—1982），编辑。1946 年创刊的同人杂志《世代》的成员之一，婚前旧姓铃木的百合子也是该杂志同人。为《世代》"照相眼"执笔的有加藤周一、武田泰淳等。矢牧后来在若干出版社工作过，还曾创立七曜社等出版社。涩泽龙彦责编的《血与蔷薇》也由矢牧推出。

向大名的公主，武士握着白柄的刀、剃过胡子的部位泛着青色。"浦岛太郎和乙姬"，不知是不是赶不及制作，乙姬穿着菊花和服，浦岛太郎和乌龟穿的却是涂了颜色的三合板，只在乌龟的尾巴上缀着菊花。另外，乙姬的脚上穿着极为普通的家里的塑料拖鞋。人偶们的脸无比端正，雪白，头发又黑又多。

夕阳笼罩的神社内，从扩音器流淌出古琴和尺八的音乐，水车在为菊花节设置的人工泉水里旋转，发出水流的声响。卖年历的人在银杏树下摆摊，用一种说书般的音色讲解道，你如果要嫁人，得选属牛虎龙的，记住了，如果对方是属猴属蛇的，就算你们有了可爱的孩子，也一定会离婚……一个打扮朴素、既不美也不丑的女人在听他讲。水鸟群从高空中飞回不忍池的方向，不时发出尖锐的叫声。

我来到O住院的楼，O穿着天蓝色的睡衣，背对这边，正和同房的患者们说着话。我从他谢顶的形态立即认出了O，但像这样的人也有很多，于是我谨慎地喊了声"O"，他一转过来，立即开玩笑地"砰"地敲一下被子，笑了起来。这边坐，哦，还是坐那边吧。他指挥道，然后说："我的肝脏照出来一片白。××研和这里比，还是这里有心。"我问他这是什么意思，他说，××研的饭菜和这里的比，材料基本上差不多，但这边的感觉有人味儿，做的人用了心。接着，他压低声音说起床位费的事，有关医院收费和邮局存折的事，但声音太轻了，听不分明。

"西武的球队赢了，西武百货就会促销。我想去。好便宜呢。我想买西装，因为我瘦了。西装都变得松松垮垮的。听说才半价？我还想买睡袍。这个好吗？〔他扯了下天蓝色睡衣〕我住院的时候买的……不在伊藤洋华堂，在大丸百货买的。那里便宜。一套西装一万两千八。上下一整套。从东京奥运会那年就没变过价格。鞋子涨了一千元吧。鞋子也只要两千八。"他径自说个不停，声音渐渐变得高亢饱满。和他同房的患者们斜睨着他。

我没给O带慰问品，便说："我有两个铜锣烧，留一个给你吧？"他环顾四周，然后点头说"嗯"。

我说："铜锣烧能放两天，你每次少吃点，应该可以吧。"

"对的。铜锣烧能放。我先吃皮，把中间的豆沙馅团起来放着。"

他这么说，我以为他只爱吃皮，或是注意饮食不吃豆沙类，结果他又说："后面一天，把热水浇在团起来的豆沙上，做成赤豆汤吃。"我想，简直像关岛的横井[1]一样强韧啊。

我到了矢牧住院的楼，他在单人病房里睡着。他在输三种液，黄色的和透明的。他不断地把嘴巴张成圆形，像婴儿一样打哈欠。原本白皙的脸色变得发黄，小了两圈。

矢牧住院的地方是栋老楼，天花板感觉特别高。可能因为这个缘故，人仿佛待在水底。穿着围裙的矢牧夫人从走廊那头走来，步伐看起来就像在水底走路似的。矢牧夫人和我坐在走廊柱子阴影里的长沙发上，沙发的弹簧坏了，我们像水里的海星和海参，把脑袋凑近了说着话。

离开医院的时候已是晚上。不见人影的昏暗的路边排列着处方药房，汉方药房，橱窗内摆着耳朵、脊椎、

1　横井庄一（1915—1997），未收到战败的消息而滞留关岛的日本兵，靠狩猎捕鱼为生，在1972年被当地人发现后回国。

眼球的构造模型的店，以及理化实验器具制作所等，我顺着马路笔直地走，来到春日通。从这里开始便是人间。大马路上，人间的车辆曳着炫目的车前灯和尾灯，嗖嗖地开来开去，穿礼服的人间的男女像是刚从婚宴散场，拎着印有"寿"字的包袱，四五个人聚作一堆，边谈笑边缓步走下切通坂的坡道。

我感到很难就这样直接坐地铁回去。我想再看一次菊花人偶，重新做回世间人，再往回走，于是爬上切通坂门的石阶。白天一直不断的古琴尺八的音乐和泉水的响声都停了，卖年历的摊子也收掉了。从坡底下远远地传来石烤红薯的叫卖声。叫卖声逐渐往坡上走。在留存的几盏灯笼射出的灯光和菊花自身的明度下，菊花人偶朦胧地浮现出来，他们的模样显出白天没有的生动。走近一看，人偶们散发出比白天更强的菊花的气味，刺鼻又湿乎乎的，（大概是怕人偷窃或恶作剧，）他们都没有脑袋。

正门那边，穿和服的女人和黑衣男子依偎着走来，和我擦肩而过的同时，男人开始拖着一条腿走。"哎呀怎么搞的，好怪啊，我腿疼。""你又生病了？"之后的话听不清了，两人吃吃笑着，穿过切坂通门出去了。

不久，菊花节尚未结束，矢牧死了。六七年过去了。每当闻到大量的菊花和叶子的气味，我就想起这些。

一天。（京都）

札所[1] 后门内的泥土地有股炭火味儿，不见人影。进屋的台阶上摆着个三越包装纸的小盒子，像是和果子。我自己拿了白花八角树枝和线香，往挂在柱子上的箱内放了钱。

京都的街市铺展在下方，在密林那边若隐若现。瓦屋顶像聚集的鱼群。其间偶有几处闪着暗淡的光，是流淌的河。传来了运动会上广播体操的号令和音乐。看起来只有一点点小的万国旗。回头望去，蓝天和山顶紧压过来，就在眼前。此处是寺院位于山腰的老墓地，从这里通往山顶的陡坡上，只见小小的墓碑星星点点藏在树木和灌木之间，有些墓碑聚成一堆，生着泛白的苔藓。据说这些是从前在这一带以及鸭川沿岸战死的无名者的墓。几乎所有的墓碑都歪斜坍塌。

1　日本的巡礼路线有西国三十三所，四国八十八所，法然上人二十五灵所等。途经的寺庙设有札所，供巡礼者登记姓名和盖章。

靠近墓地外围的大樟树的根部，有一座饭团形状的墓碑，我掸落那上面的落叶，拉开啤酒易拉罐，浇湿墓碑。蜜蜂飞来，落在石缝间的啤酒液上，慌忙挣扎着往上爬。蜜蜂张嘴吐出啤酒汁，拖着像碎绳头的躯体和翅膀，爬来爬去。它柔软的黑色触角有一边折了，它像在确认触觉似的频频动着那边的触角，随即振翅飞走了。线香的烟绕着石头，摇曳着断开，变得稀薄，最终消散不见。旁边一座墓碑上供着一粒梅干。

"给我啤酒吧，我不是坏人……"

得了绝症卧床的丈夫以若有若无的声音嗄声说着，求我给他被医生禁止的饮料。

"把易拉罐啤酒啪地打开，嗖地喝下去。简单吧？给我啤酒吧，我不是坏人……"他比着手势逗我，恳求道。我觉得好笑，笑了起来，他也张开没牙的嘴笑了，仿佛在说，我自己也觉得好笑得不行。[1]

1　这段记述也出现在《富士日记》。1976年9月16日，武田泰淳原本打算出席谷崎润一郎奖的评委会，临时决定不去了。其身体状态已无力外出。百合子联系医院床位。9月21日，竹内好和埴谷雄高到武田家探望卧病的泰淳。泰淳开玩笑地讨要啤酒。翌日，泰淳住院。10月5日，泰淳去世。

从刚才起，有个皮肤黝黑、穿绿裤子的男人拎着两个纸袋，宛如梦游患者似的在墓碑之间走来走去。像醉汉，又像流浪汉。最近，我去看名为《卡斯帕尔·豪泽尔之谜》[1]的电影，进到小小的放映室，我旁边就坐了个和此人感觉相似的人。那人把一只大纸袋放在双腿间的地上，接连从里面拿出好几种袋装零食来吃。工作人员称那人为"老师"，电影开始后，他不时在本子上写着什么……说不定，现在墓地里这人也是京都的电影评论家。他不停地打着喷嚏。周遭安静，所以听得一清二楚。

在井边，守墓的大叔把白花八角的树枝拢齐了浸在水里，亲切地说，下回见。少年时代，丈夫被他身为僧人的父亲带着来到这间寺院[2]，受了戒。将丈夫的部分骨灰葬在这间寺院的墓地，已有十多年。大叔误以为我是给一个叫武田百合子的人扫墓的亲戚朋友，为此每年从东京来一两次。不知道他是因为什么搞错的，又是什么时候开始误会的，总之，他是这么以为的。他还说，忘了是什么时候，有个穿西装的男的来扫你家的墓，我带

---

1 *Jeder für sich und Gott gegen alle*，赫尔佐格执导的电影，1974 年上映。
2 位于京都东山的知恩院。

他去了墓前。

每当别人弄错了我家猫狗的毛色体型，我总是忍不住认真地一一订正，说道，不对，我家的猫是三花猫，不瘦。但对大叔的这种误会，我不放在心上。倘若樟树根下埋着另一个我，也不坏。

在势至堂请一张护佑牌，一千元。白花八角和线香是随喜。给了守墓的大叔一些小费。两块卒塔婆木牌六百元。中午的咖喱饭（两人份），两千元。晚上在先斗町，生啤和大阪烧，一千八百元。

一天。（京都）

下午去了三十三间堂，又去了博物馆，在小卖部买了多达三千四百元的明信片，然后去了九条的东福寺。

我喜欢大庙。譬如奈良的东大寺。寺内的建筑物过于巨大，在寺里没看见一个僧人。在电视上看年末净佛以及早春取水[1]法事，只见僧人一个接一个出现，他们

1 旧历二月，东大寺二月堂举行的"修二会"法事，其中一个环节是取水（从若狭庄园取水搬运）。法事为时两周，僧人们洁净身心，在十一面观音前唱经，悔过，祈愿天下平安。最引人注目的环节是僧人们手执松明火把奔跑，被称作奈良的风物诗。

摇晃着红光满面的冬瓜般的脑袋，给寺庙的死角掸灰，或者举着松明火把绕圈跑。那么多僧人平时都藏在哪里呢？他们成功地做到了一个都不出现。

在东福寺，我也只在几年前偶然瞥见过一名僧人，他飞快地横穿过寂静的院子，往另一边去。今天已是黄昏，原本打算过三座桥[1]，兜一圈回廊，爬上长长的石阶，到山里的庙堂，但感觉走到半途周遭会忽然转暗，有点可怕。

灰菜丛中，虫在叫。三个孩子在夕阳下抛撒红土玩儿。孩子们身后有一座看起来牢固的老庙堂，嵌着粗疏的格子窗，矮屋顶。挂着"东司"的牌子。旁边注明，东司即厕。是从前的僧人们的厕所。来过好几回，我一直没注意到这地方。从格子窗往里看，昏暗空旷的室内，地上散乱地摆着原本大约是绿色的大瓶子、木桶和板材，上面落满了尘埃。地上到处挖有圆洞。有股湿气和尘埃和泥土的气味。墙上挂着写有文字的板。还有画。似乎画了人体的各种形状。我眼神不好，看不清写了什么，

---

1 东福寺三名桥：偃月桥，通天桥，卧云桥。

心想，是不是写了什么值得赞叹的事呢？H贴在格子窗上，读给我听。

"在白纸上做记号，圆如月……接下来有幅画。然后是，先冲洗小便三次，然后冲洗大便。洗净如法，净洁。右手执洗桶，出厕门。有五律。洗桶取水，右手执桶。左手开门。净厕上……接下来写了四个复杂的字，认不出。之后是做什么什么。踩住什么的两边，然后好像是个'跨'字，'入'字，入什么，方便。什么尿后，什么便。什么放在什么上。是个木头做的，截面是三角形的东西。竹字头，底下一个'船'字。这个字念什么呢？这个字是如何如何去除不净的用具。之后有两幅画……"

在旅馆泡完澡，我和H重新仔细端详买来的明信片。也相互看对方买的。最好的是铁斋[1]的。我应该多买一些铁斋画的富士山。还想多买些伊藤若冲[2]的

---

1 富冈铁斋（1837—1924），文人画家，儒学家。
2 伊藤若冲(1716—1800)，画家。原本是京都一家蔬菜批发商家的长子，沉迷绘画，将家业让给弟弟。此处记述有误，应为《果蔬涅槃图》（京都国立博物馆）。图中，涅槃的释迦是萝卜，悲叹的菩萨罗汉等则是各种蔬果。

《蔬菜涅槃图》。还想要更多的鸟兽戏画[1]，应举[2]的大虎。H说她明天再去一次博物馆买些来。她说，两个人去的话，要付两人的门票，太浪费了，所以她一个人去，把我要的也买来。

京都是个女人来了会开开心心用钱的地方。女人们叽叽喳喳地说着话，走过名胜古迹和街巷，不自觉地就买了千代纸盒、便笺、人偶、点心、布袋、佃煮、泡菜等。男人即便来了京都，也仿佛觉得完全没意思。他们走在路上，一脸来游览也没什么可看的表情。是因为男人和女人的目标不同吧，各自有期待的目标。昨晚，我经过先斗町的时候，一个看起来有七十五岁的小个子老头牵着一个丰满的和服美人的手，美人涂了雪白的粉，三十五岁左右。走在那儿的老人显得着实愉悦。

"明信片真好。买明信片不是乱用钱。如果买了零食，吃多了，会不舒服，买明信片就不会有这种情况。

---

1 《鸟兽人物戏画》，藏于京都高山寺的四卷纸本墨画。普遍认为甲乙卷绘于平安时代后期，丙丁卷绘于镰仓幕府时代。
2 圆山应举（1733—1795），画师，重视写生，其传承"圆山派"至今仍存续。

如果不给人寄，也不会减少。"我这样说道。H笑了。"有个人每次乱用钱，就给自己找理由。"

三十三间堂入场费（两人份），八百。参拜导览，六百。博物馆入场费（两人份），七百。明信片（百合子的）三千四百。鲱鱼荞麦面，一千五百。藠头泡菜，三百。酸茎泡菜和浅腌泡菜，一千。整条炖鲱鱼，六百。三种佃煮，一千五百。蕨粉年糕配抹茶，四百。咖啡四百。

旅馆房间的电视在放伯格曼的电影，我一直看到深夜。每次看伯格曼的电影，就觉得夫妇真好。

后　记

从 1988 年 6 月到 1991 年 4 月的三年间，我在《嘉人》（*Marie Claire Japan*）杂志连载的文章结集成书（前面几篇是发表于和光商场 PR 杂志《Chime 银座》上的）。有些部分做了增删和修正。

这是我的第五部文集。从第四部《游览日记》，过了五年。书的内容没什么进步，在此低着头呈现给大家。

在这三年间（到今天则是四年间），文中提到的一些熟人朋友们离开了人世。文中的风物，如果今天去走访，也有一些发生改变或消失了吧。重读成册的校样的时候，我重新意识到这一点。

以及，文中多有关于饮食的段落，由于天天海吃，如今的我，心脏和其他地方都有问题，正在努力养生。

连载过程中，身体的状况较多，每每请假。感谢容许我任性的安原显和《嘉人》编辑部的诸位。值此成书之际，感谢帮助过我的书籍编辑部的笠松巖和横田朋音。

1992 年 5 月

武田百合子

译后记
生活的枝与叶

大多数热爱文学的人只要开始写作，就会希望自己的作品被更多人看到。在这个意义上，武田百合子很特别。她最为日本读者熟知的《富士日记》原本不是写给外人看的。

从 1964 到 1976 年的十三年间，百合子和丈夫武田泰淳为了逃避东京的社交喧嚣，只要得空就前往位于山梨县鸣泽村字富士山"富士樱高原"的山庄，在自然环绕中度过山居生活。泰淳是"第一次战后派"著名作家，他负责赚钱养家，但不管家中财政事宜，买车买房，都是百合子一个人拿主意。房子建好后，泰淳按照文人的习性，给山庄取了一堆名字，诸如"寸心亭""百合花亭"，最终写的名牌却是最简单的"武田山庄"。

伴山而居也不光是听上去那么惬意。尤其是头几年，东京与富士山之间的道路尚不发达，开车单程要四五个小时，中间停车吃饭稍作休息，就要耗去大半天。山上夏天凉爽却多虫鼠，冬天有水管冻裂和汽车引擎冻坏的危险，遇上雪天，车即便套上雪链也不一定能通行。因地处偏僻，无论买菜还是买其他生活用品，都需要开车下山。种种辛苦不便，换来的是四季山景和不被打扰的生活——武田家故意连电话也没装。在东京，百合子要操持家务，照顾女儿，打理作家身边的一应杂务，并在丈夫外出时开车接送。对她来说，武田山庄的生活等于躲进山里透口气，为此，夫妻俩还把独生女武田花送进寄宿学校。不过，百合子难得的闲适也有人捣乱——泰淳提出，让她在富士山期间写日记。

　　山居小屋刚盖好的时候，丈夫把一册别人给的日记本放在我面前，说道："这个送给百合子。你来写日记吧。只在山上期间写就行。我也会写。我们轮着写吧。怎么样？这样你就会写吧？"我摇头。他又说："随便你怎么写都行。要是没东西写，也可以只写那天买的东西和天气。如果有好玩的事或

248

者做了什么，写下来就行了。用不着在日记里抒情或反省。因为你是个不适合反省的女人。你只要一反省，就会耍滑头。百合子经常和我说话或者自言自语，对吧？就像你说话那样写就行。你按自己容易写的方式写就行了。"（《那时候》，武田百合子，中央公论新社，2017）

虽然有时在日记里抱怨"手疼，写字好麻烦"，百合子还是一路写来，不觉就是十三年。至于一开始提出"轮流写"的泰淳，只写了十来篇。有时女儿也凑趣写个几行。总的来说，百合子的日记不仅仅是一个家庭在昭和年间的生活记录。山庄的生活介于"日常"和"旅行"之间，她写下了一日三餐、购物记录、花草鸟兽、当地人的言谈举止，所有这些细节构成了包容一切的"生"；与之对应，日记中也出现了许多死亡，朋友的死，报纸上的事故，山庄周围发生的自然死亡（大多是鸟和虫），宠物狗波可的死。

到最后，是她的人生伴侣的离世。

比百合子年长十三岁的泰淳于 1976 年 10 月 5 日死

于胃癌和已转移的肝癌，日记结束在那年的 9 月 21 日，他住院的前一天。从他五年前因糖尿病中风，日记中就不断出现关于他身体的记述，其间有一年，百合子更是因为照顾病人的劳累停止记日记。纵然如此，她的笔触一贯冷静克制，并没有过多地沉溺于自身的情绪。那些文字甚至给人一种感觉，她仿佛要通过记录，来挽留泰淳在身边的时光。

泰淳过世后，与他有密切联系的文学杂志《海》提出要刊登百合子的日记，收进"武田泰淳追悼特辑"，她立即同意了。以《富士日记——今年的夏天》为题，1976 年 12 月的《海》刊登了百合子写于当年夏天的日记。翌年，又将最初几年的日记做了连载。杂志上的百合子日记广受好评，于是全部日记在 1977 年成书，便是上下两卷《富士日记》。那年，百合子五十二岁。

《富士日记》刚一出版，便引起文坛的某种震动。泰淳的同辈好友作家们纷纷不吝赞美之词，例如埴谷雄高为书腰写的推荐语，说百合子是"天衣无缝的艺术家"。日语的"天衣无缝"与中文含义不同，应该译作"浑然天成"。这个词以及"天真烂漫"，一直被沿用到后来的《富士日记》三卷文库本推荐语。不过，放在今天看，这些形容词或许体现了老一辈作家们对未知的巨大才能的恐惧，他们不知该用什么标签给百合子写的东西分类——毫不矫饰，却直击人心——便试图用"天生""艺术"等语汇，将其推到和文学无关的场域。他们的"晚辈"写作者要坦率得多。色川武大在《富士日记》文库本（1997）的解说中写道："文如其人，可她为什么能写出这样的文章呢？我感到绝望。"

另一方面，百合子本人也没有身为作家的自觉。

我从小就一直认为，譬如写东西的人、画画的人、弹钢琴拉小提琴的人、跳舞的人，这种人生活在和我无缘的遥远世界里。文章不是自己写的，而是在书本上读的。钢琴是买票去听的。我没想过要当生产文章、绘画或音乐的人。出于兴趣写文章，出于兴趣绘画——我感觉我也做不了这种事。自从我和生产文章的人一道生活，我的这种心态变得愈发坚固。(《那时候》)

与百合子的自我认知无关，文字一旦成书，优劣自现。《富士日记》拿了专为女作家设的田村俊子奖，其后出版的《狗看见星星：苏联旅行》（中央公论社，1979年）获读卖文学奖。后者是她在1969年的旅行日记。那年，泰淳为了犒劳不仅打理整个家，还长期给自己担任司机和助理的百合子，带她参加了"白夜祭与丝绸之路之旅"，从苏联境内走丝绸之路的一部分。同行者有泰淳的多年好友竹内好。《狗看见星星》是一部奇异的游记，做那趟旅行时即将满四十四岁的百合子对沿途的历史文化毫不感兴趣，以她特有的目光截取了鲜活的当地风景。她笔下出现了吃食、遇见的人，以及上厕所和购物的经过。比起纵古通今的博学式导览，读她的书，随书游览的实感更为鲜明和强烈。

在后记中，她写道——

　　真的是狗看见星星的旅程。真开心。边旅行边玩儿，就像线断了，飘走。

　　"我一直想和竹内还有百合子一起旅行。再说今后恐怕没有三个人一起的机会了。"武田在为旅行做准备时说的这番话应验了。武田患病，之后不再出远门，于1976年的秋天去世。五个月后，竹内也去世了。

写完后，我不由得这样想——回国的飞机载着他俩，就那样化作宇宙飞船，上了轨道，永远巡游在无明的宇宙中。飞船飞过我头顶上空的远处，又消失。充斥着白色光线的船舱内，那两个人在开心地继续喝着酒吧。

只有我，不知何时，不知在哪儿，途中下了飞船。

百合子和泰淳结婚并生下女儿武田花，是在1951年。他们一同度过了二十五年的婚姻生活。

两人邂逅之初，正值战后荒凉又混乱的光景，泰淳三十啷当岁，是个穷作家，二十出头的百合子是兰波咖啡馆的女招待。说是咖啡馆，同时兼售非法的私酿酒，该店的老板是出版诗歌和画册的昭森社社长，出版社办公室就在二楼，楼下的店堂自然成了一干文学青年和中年们的聚集地。

到兰波咖啡馆之前，百合子做过好多种工作，还曾经穿街走巷，贩卖熟人加工制造的巧克力。

　　当我四处兜售用葡萄糖混上美军的好时可可粉做成的巧克力球的时候，有个客户是位于神田神保町富山房背后的 R 酒坊。我送去巧克力球，一周后去拿卖掉的那部分的钱，并补货。当我拿到货款，看看周围，只见几乎所有客人都紧紧地捏着酒杯，杯里装着透明的或稍微有点浑浊泛白的液体。此时我在椅子上落座，成了客人，用卖巧克力的钱点了和大家一样的东西（私酿烧酒）。烧酒沁入五脏六腑，一直到指尖都充满了力量。比起黑市上的猪排盖饭或天妇罗盖饭，更加切实而迅速地让人有饱腹感。就这样每周赚了钱喝酒，我意识到，干脆在这间店工作，不是更直截了当吗？我成了女招待。不久便离开家，住进店的二楼。（《游览日记》，作品社，1987）

对于和泰淳结婚的历程，百合子的叙述很简单。

和武田初次见面，是在我当时工作的咖啡馆兰波。［中略］他在"兰波"的客人当中并不起眼，有种阴暗的感觉，还有点害羞，我的印象是，他和女性说话比较笨拙。

　　武田让我吃我爱吃的，他自己沉默而羞涩地喝着私酿烧酒，我不知怎的喜欢上了他。那之后，我们一起过了二十五六年。其间，容易厌倦的我一直不曾厌倦，我想我毕竟还是喜欢他。(《那时候》)

　　实际的情形要复杂一些，因篇幅所限，在此不做详述，还是回到百合子的作品。

　　如果说，《富士日记》和《狗看见星星》对早年日记的眷抄（并非单纯抄录，百合子做了细致的字词调整，她实际上是个诗人一样的写作者，读过便能明白），是借着重写，再一次度过已逝的时光，那么百合子在这两本书之后的随笔写作，更像是娓娓道来的闲聊。

　　"孩子爸。无量庵的电线杆那里有一坨雪白的狗屎，是吃了什么才会那么白啊？"我有个毛病，从外面回来，就把刚看见的事，发生的事，按我的心情的一起一落讲给丈夫听。我是个话痨。听我讲话的丈夫走后，除了写信和明信片，偶尔，我会像这样写文章。已经没办法和丈夫聊天或吵架，仿佛作为替代，我往稿纸上写下文字。而且，像这样在稿纸上写文章，就能拿到钱。感觉就像自己到工地上努力干活儿来着，有这种喜悦，所以我才写。（《那时候》）

百合子写得不算多。有时，编辑约稿，她在电话里讲自己喜欢的电影，讲得实在有意思，编辑说，你就把刚说的写下来，不就行了吗。她拒绝道，我现在有个随笔连载，写不动其他的。她陆续出版了几本书，1984年《语言的餐桌》，1987年《游览日记》，1992年《日日杂记》。

泰淳去世后，百合子又生活了十七年。成为摄影师的武田花后来回家和母亲同住，《游览日记》的照片都是花拍的。1993年5月27日，百合子因肝硬化去世。

到如今，说起武田泰淳，很多日本人的反应是"武田百合子的丈夫"，毕竟《富士日记》的读者为数众多。泰淳曾写过："我们这些第一次战后派，被看作是描写人类的极限状态的，夸张的哲学性的群体。"时代变迁之下，泰淳的哲思对现在的读者来说可能显得晦涩或沉重，他的影响渐渐衰微，也是不争的事实。不过他本人应该不会太在意，出身僧侣家庭的他还写过："作家与和尚都是获得布施，并把不着调的教导硬塞给对方，在这一点上，都是不可靠的生意人。"

此次由理想国引进和出版的是武田百合子生前最后一本书，《日日杂记》，也是她晚年文字进一步圆熟的佳作。之所以要加"生前"这个定语，是因为在前几年，武田花终于将她母亲其他未成书的稿件做了整理，便是中央公论新社 2017 年出版的《那时候：单行本未收录随笔集》。

《日日杂记》乍看有点像《富士日记》的延续，每篇开头都是"一天"，没有具体日期，消解了时间，读者可以从叙述中判断季节和场所。也因为这种模糊性，一天可以是写作者的当下，或记忆中遥远的某一天。也像《富士日记》一样，文字浸透了"生"和"死"。仅举一例，当百合子在小饭馆橱窗前，打量里面陈列的蜡制套餐模型——

> 关东煮宽面套餐（宽面＋关东煮＋三色年糕团＋蜜豆）等，各种各样的组合，一共十种左右。我仔细地看去（那里面煮久了的关东煮萝卜就像起了一层鸡皮疙瘩似的，做得逼真），突然，一股情绪像热水一样涌上来，死后的世界该很寂寥吧。那个世界没有这样的热闹吧。我还想在充斥着这些东西的世界再活一阵！

> ［中略］晚上，我看了电视台转播的舞台剧《妇系图》"卯总"那一场，阿茑重病卧床，真砂町的老师家的小姐送给她一副紫色衬领，她说了一句有名的台词。"我对浮世产生了眷恋。"而我对浮世的眷恋，是那排成一排的蜡做的食物模型。

对百合子来说，写作，是让时间停留在纸面的魔法。阅读百合子的作品，感觉就像一场场或长或短的时间旅行。

在百合子成为作家后（这么说仿佛有些奇怪，因为从日记看，她无疑早就是个作家，只是尚未公开发表），编辑和朋友们多次建议她写小说，她却一直笑而不答。《日日杂记》虽用了日记的体例，读来很像一篇篇精短巧妙的小说。作为读过百合子全部出版物和周边读物的"铁粉"，我以为，她的创作早已超越了文体的界限，是日记，是小说，是诗。

是撷取到手仍在呼吸的、生活的枝与叶。

HIBI ZAKKI

BY Yuriko TAKEDA

Copyright © 1922, 1997 Yuriko TAKEDA

Original Japanese edition published by CHUOKORON-SHINSHA, INC.

Chinese (in Simplified character only) translation copyright © 2022 by Beijing Imaginist Time Culture Co., Ltd.

Chinese (in simplified character only) translation rights arranged with CHUOKORON-SHINSHA, INC. through Bardon-Chinese Media Agency, Taipei.

All rights reserved.

北京版权保护中心外国图书合同登记号：01-2022-1394

图书在版编目(CIP)数据

日日杂记/（日）武田百合子著；田肖霞译. -- 北京：北京日报出版社，2022.5

ISBN 978-7-5477-4258-7

Ⅰ．①日… Ⅱ．①武… ②田… Ⅲ．①散文集－日本－现代 Ⅳ．① I313.65

中国版本图书馆 CIP 数据核字 (2022) 第 049151 号

特约编辑：雷　韵
责任编辑：姜程程
装帧设计：陆智昌
内文制作：李丹华

出版发行：北京日报出版社
地　　址：北京市东城区东单三条8-16号东方广场东配楼四层
邮　　编：100005
电　　话：发行部：（010）65255876
　　　　　总编室：（010）65252135
印　　刷：山东新华印务有限公司
经　　销：各地新华书店
版　　次：2022年5月第1版
　　　　　2022年5月第1次印刷
开　　本：787毫米×1092毫米　1/32
印　　张：8.375
字　　数：120千字
定　　价：56.00元